Thorolf Gorski

Milva Lotti

Bibliografische Information der Deutschen Nationalbibliothek:
Die Deutsche Nationalbibliothek verzeichnet diese Publikation
in der Deutschen Nationalbibliografie; detaillierte bibliografische Daten sind im Internet über www.dnb.de abrufbar.

Neuauflage 2015

Lektorat: Barbara Gorski

Umschlaggestaltung, Illustrationen und Satz: Thorolf Gorski

Herstellung und Verlag:

BoD – Books on Demand, Norderstedt

ISBN: 9783735721587

Für all jene,
die sich im Leben schon einmal verschätzt haben.

Kapitel Eins
Das Wolkenprinzip

Ich bin total bedient! Und ich hasse es zu fliegen. Aber ich kann schlecht zu Fuß nach Südfrankreich.

Man hat mich soeben unfreundlich am Terminal abgefertigt, meinen Koffer unliebsam auf das Förderband geworfen und mich zum Gate A81 geschickt. Dann hat mich eine Sicherheitskraft mehr als notwendig abgetastet, vor allem oben herum, und jetzt fahre ich hinunter zu Gate A81.

Runter! Wissen Sie, was das bedeutet?

Das bedeutet, ich werde in einer kleinen Maschine zu meiner Schwester nach Nizza fliegen. Denn solche Passagiere, die in den unteren Gates verfrachtet werden, besteigen aller Regel nach die kleinen Flugzeuge. Klein wiederum bedeutet: leichter als die dicken Jumbos und somit anfälliger für unvorhersehbare Turbulenzen und somit prädestiniert für einen Absturz. Herzlichen Dank!

Wenn ich in einer Propellermaschine lande, dann schreie ich mitten auf dem Flugplatz.

Hinter mir auf dem Rollband höre ich einen kleinen Jungen seinen Vater fragen: »Papa? Wieso rollt dein Wagen nicht weiter?«

In meinem Kopf bildet sich eine Vorahnung von Kopfweh, denn sein ahnungsloser Vater antwortet ihm: »Nein. Der bremst von allein.«

Am liebsten würde ich mich umdrehen und ihm an den Kopf schmettern, dass er sich irrt. So etwas wie: *Moment! Der Gepäckwagen bremst keineswegs von allein, seine Räder rasten lediglich in dem Rollband ein. Also halten Sie ihn gefälligst fest und kommen Sie ja nicht auf die Idee Ihrem Kind zu zeigen, dass Sie Recht haben, wenn Sie den Wagen loslassen! Wenn er in meinen Hacken landet, dann sind meine Achillessehnen gleich beide durch und dann ist was los!*

Ich atme tief durch und entschließe mich, nichts zu sagen, mich stattdessen vorsorglich breitbeinig auf das Laufband zu stellen, um meine Sehnen vor dem vermeintlichen Gepäckwagengeschoss in Sicherheit zu bringen. Dabei orientiere ich mich am Achsenstand des Wagens meines Vordermannes. Mag etwas seltsam aussehen und bleibt natürlich von dem kleinen Naseweis nicht unbemerkt: »Warum macht die Frau die Beine breit, Papa?«

Sein Vater antwortet ihm diesmal nicht, und ich murmele: »Weil dein Vater es vielleicht ausprobiert. Männer sind ja so. Sie probieren manchmal Sachen aus und achten dabei nicht auf andere!«

Mein Vordermann dreht sich halb zu mir um und starrt verwundert auf den Rand des Rollbandes. Mir egal! Ich setze vorsorglich einen bissigen Blick auf, falls er sich dazu entschließt, sich ganz zu mir herum zu drehen. Letztlich sollte man auf alles vorbereitet sein. Das sagt auch meine Schwester.

Ungeduldig warte ich auf das Ende der Rolltreppe. Einen Gepäckwagen, der einem die Sehnen durchtrennt an den Hacken zu haben, ist nicht das angenehmste aller Gefühle.

Endlich ist das Ende erreicht. Mein Vordermann schiebt seinen Wagen mit etwas Mühe hinunter. Weil ich es eilig habe, das Band zu verlassen und drängele, dreht er sich schließlich doch noch zu mir um und sieht in mein missbilligendes Gesicht. Sofort weicht sein Blick aus. Er überspielt und sieht zu Boden. Dort jedoch bleibt ihm keine Wahl, als auf meine weit auseinander gestellten Knöchel zu schauen. Mein Blick verfinstert sich, und ich schnalze mahnend mit der Zunge. Dann springe ich aus der Schusslinie des ahnungslosen Familienvaters und gehe schnellen Schrittes auf Gate A81 zu.

Das Gate ist unbesetzt. Um mich herum warten circa fünfzehn gelangweilt dreinschauende Leute. Ich nehme auf einer freien Bank Platz, bevor mehr hinzu kommen, und starre zusammen mit den anderen Wartenden auf das Gate, so als würden unsere geballten Kräfte eine Mitarbeiterin aus dem Nichts erscheinen lassen können. Sie kommt allerdings nicht, denn auf der Boarding-Card steht 12:45 Uhr. Es ist 12:30 Uhr, also noch zu früh.

Als ich daran denke, dass ich wohlmöglich in einer Propellermaschine fliegen werde, wird mir ganz anders. Ein spontaner Schweißausbruch zwingt mich dazu, an meinem Oberteil zu zupfen.

Vater und Sohn sind auch in der Nähe. »Wieso können Flugzeuge fliegen, Papa? Weil sie Flügel haben?«, höre ich das neugierige Kind fragen. Die empörende Antwort, die es erhält lautet: »Ja!«

Ich drehe mich zu ihm um und bin fassungslos, denn er gibt seinem Sohn nicht nur falsche Antworten, er sieht auch aus, als würde er das Prinzip des Flugverkehrs nicht verstehen.

»Aber Flugzeuge haben keine Federn, Papa«, widerspricht der Junge, so als hätte er seinen Vater überführt. Genau genommen hat er das bereits.

»Nein, aber sie können trotzdem fliegen«, bekommt er zur Antwort.

Kurzentschlossen stehe ich auf, gehe zu dem Jungen hinüber und beuge mich zu ihm hinunter. »Das was du für Flügel hältst, mein Kleiner, sind Tragflächen und daran sind Turbinen angebracht, die Luft einsaugen. So wird das Flugzeug angehoben und es kann fliegen.«

Der Junge sieht mich verständnislos an.

»Turbinen pressen die Luft durch sich hindurch. Das geht

so schnell, dass das Flugzeug in die Luft steigen kann.« Ich unterstütze meine Einmischung in die Vermittlung von Wissen mit veranschaulichenden Gestiken und Geräuschen.

Als ich genug Turbine gespielt habe und husten muss, blinzelt mich das Kind noch immer verständnislos an.

»Wenn eine Möwe in die Turbine hineingerät, dann geht die Turbine kaputt und dann kann keine Luft mehr hindurch und dann stürzen wir ab. Propeller sind da wahrscheinlich etwas sicherer. Aber dafür auch älter. Mit denen kann man auch abstürzen«, höre ich mich beinahe nachdenklich sagen und merke, dass mein Gesichtsausdruck ebenso hilflos wie der des Jungen wird.

Er blinzelt noch zwei Mal und fängt dann an zu heulen.

»Kim-Maximilian. Komm her zu Papa!« Ein strafender Blick trifft mich von der Seite und ich gehe zurück zu meinem Sitzplatz. Der Vater scheint zwar keine Ahnung zu haben, aber er beschützt sein Kind, so wie es sich gehört.

Am liebsten möchte ich mich noch einmal zu ihm umdrehen und wie der Junge fragen: »Können wir ein anderes Flugzeug nehmen, Papa?«, aber das lasse ich lieber und lehne mich seufzend zurück in den blauen Sitz. Im selben Moment da ich sitze, legt die Nervosität ihre Finger auf meine Schultern. Der Grund: es taucht eine Dame in dunkelblauer Uniform auf. Sie stellt sich hinter den Schalter, macht jedoch keine Anstalten den Flug anzusagen und uns aufzufordern, unsere Flugtickets bereit zu halten.

Während sie seelenruhig auf eine Kollegin zu warten scheint, werde ich von der Nervosität gepackt und krame unentspannt in meiner Handtasche herum.

Da sind sie ja: Meine Rescue-Tropfen. Sie sind ein Bachblütenpräparat, das in erster Linie nach Alkohol schmeckt und einem die Nervosität nehmen soll. Meine Freundin Ulli schwört darauf. Ulli denkt allerdings auch, dass Kreta eine spanische Insel ist und sich durch die Zeitverschiebung von einer Stunde (Griechenland-Deutschland) auch die Periode um eine Woche verschiebt.

Ich ziehe die Pipette aus der kleinen Glasflasche heraus, gebe einen Tropfen unter meine Zunge und warte auf die Wirkung. Um mir dabei die Zeit zu vertreiben, lese ich auf dem Etikett: *Bei Bedarf Dosis erhöhen.*

Ich entschließe mich dazu, dass ich genau darauf Acht geben muss, ob mein Bedarf bald eintritt, die Dosis zu erhöhen, denn der eine Tropfen hat mir die Nervosität bisher nicht genommen. Dann sehe ich, wie die Kollegin der Schalterdame aufkreuzt und sie gemeinsam die Unterlagen sortieren, wie Nachrichtensprecher kurz vor Beginn der Sendung. Es geht also gleich los, und in einiger Entfernung sehe ich eine Propellermaschine über das Rollfeld gleiten. Mein Bedarf ist jetzt extrem.

Extreme Situationen bedürfen extremer Maßnahmen! denke ich, drehe den Verschluss mitsamt Pipette ab und setze das Glasfläschchen an. Während sich die bittere Flüssigkeit in meinem Mund verteilt und ich mich nach einem Schluck Wasser sehne, ernte ich einen weiteren strafenden Blick von dem Vater schräg hinter mir.

Er legt den Arm demonstrativ um seinen Nase hochziehenden Sohn und flüstert ihm irgendetwas zu. Dann küsst er ihn auf die Stirn, und ich suche nach einem Abfalleimer, um die leere Flasche zu entsorgen. Als ich einen ganz in der Nähe ausmache und aufstehe, höre ich den Bengel fragen: »Was ist eine Trinkerin?«

Schockiert fahre ich herum, halte das Fläschchen hoch und rechtfertige mich Grimassen schneidend und fuchtelnd: »Medizin! Gegen Flugangst.«

»Ah!«, nickt der Vater, und ich bin mir nicht sicher ob er denkt: »Betrunken« oder »Du ärmste hast also Flugangst.«

Da er zu versuchen scheint verständnisvoll zu blicken, weiß ich, dass er Ersteres denkt.

Um meinen schlechten Eindruck wieder etwas glatt zu bügeln, streiche ich mir meinen gepflegten Haarknoten zurecht, zupfe an meinem Oberteil, weil mir noch immer heiß ist und gehe mit bedachten Schritten auf den Mülleimer zu. Von dort aus sehe ich einen mitleidsvollen Blick von zwei weiteren Fluggästen zu mir rüber wandern. Es ist wohl hoffnungslos. Alle denken jetzt, dass ich eine Trinkerin bin. Deshalb bleibt mir nichts anderes übrig, als meine Augen auf Durchzug zu stellen, und ich gehe meinen Koffer holen, um mich ein wenig Abseits zu platzieren.

Allerdings komme ich diesbezüglich erst zur Ruhe, als ich im Flieger sitze – glücklicherweise in keiner Propellermaschine – und mich keine Blicke der anderen mehr treffen können. Ich sitze am Gang.

Schlecht, denke ich, *dann habe ich die Tragflächen und die Turbinen nicht im Blick.* Wenn es wirklich soweit kommen sollte, dass wir abstürzen wüsste ich es gern als Erste. Neben mir sitzt ein gräuliches Kleid mit Beinen, Handschuhen und einem Hut mit Blumengesteck oder etwas Ähnlichem daran. Im Vorbeigehen höre ich eine Flugbegleiterin zu ihrer Kollegin sagen, dass ein Passagier fehle. Sie sieht wenig entspannt aus und lächelt angesichts ständiger Terroranschläge etwas zu freundlich für meinen Geschmack. Nachdem sie meinen stechenden Blick bemerkt unterbricht sie die Kommunikation zu ihrer Kollegin und lächelt mich perlweiß an. Ich frage mich, ob sie und ihre Kolleginnen und Kollegen allesamt ein Lächeltraining in Japan absolvieren mussten, bevor sie Flugbegleiterinnen werden durften.

Mitten in meiner Vorstellung von diesem ominösen Kurs, in dem ihnen als höchste Disziplin sogar das Lächeln der Acht Kostbarkeiten beigebracht wird, hastet der fehlende

12

Passagier in das Flugzeug und entschuldigt sich tonlos bei den Damen am Einstieg. Er geht ebenso hastig durch die Sitzreihen und nimmt neben mir auf der anderen Seite des Ganges Platz.

Als ich sein Gesicht sehe, trifft mich der Schlag. Ich würde am liebsten wieder aussteigen. Er sieht aus wie Erik Kutscher.

Die Stewardessen geben die Sicherheitsinstruktionen durch, aber ich kann mich nicht auf sie konzentrieren. Ich starre nämlich den Passagier an, der soeben neben mir Platz genommen hat. Er merkt es natürlich und schaut freundlich zurück. Wahrscheinlich weil er seiner Verspätung wegen ein schlechtes Gewissen hat. Als ich meinen Blick nicht von ihm lösen kann, wird seiner etwas hilflos und danach findet er mich aufdringlich. Zumindest sieht er mich an, als wolle er sagen: *Sie sind aber aufdringlich*. Stattdessen fragt er mich freundlich, ob alles in Ordnung sei.

Beim Klang seiner Stimme erwache ich aus meiner Starre und schüttele mit dem Kopf. Er beugt sich über den Gang zu mir herüber und fragt konspirativ: »Flugangst?«

Eine bodenlose Frechheit eine erwachsene Frau so etwas zu fragen! denke ich, kann allerdings nicht umhin zu nicken.

»Ah, verstehe.« Er greift in seine Tasche und zieht ein Fläschchen Rescue-Tropfen heraus. »Die hier helfen«, sagt er und reicht mir die Bachblüten-Lösung mit zusicherndem Blick.

Ich nehme sie entgegen und kassiere ein neugierig-vorwurfsvolles Räuspern von dem Vater, der ein paar Reihen hinter mir sitzt. Ich versuche dies zu ignorieren, drehe die Flasche auf und schütte den Inhalt komplett in meinen Mund. Das Zeug schmeckt noch bitterer, als meine eigenen Tropfen. Es hat auch ein anderes Etikett, grün.

»Ein paar Tropfen hätten ja genügt«, sagt der Erik-Verschnitt.

Obwohl ich keinen Tropfen für ihn übrig gelassen habe, lächelt er freundlich und schiebt nach: »Wird schon!«

So ein Arschloch, was weiß der denn? denke ich, lasse die Flasche auf den Gang fallen, werfe mich in meinen Sitz zurück und warte darauf, dass wir starten.

Das Kleid mit Hut neben mir hat noch immer kein Gesicht. Ich starre an ihm vorbei durch das kleine Fenster. Draußen ist es düster. Viel zu dunkel für die Tages- und auch für die Jahreszeit. Es ist Sommer und man hatte uns einen der heißesten Sommer des Jahrhunderts vorhergesagt. Und was kam dabei heraus? Dicke Wolkendecken und Regen, nichts als Regen. Normalerweise bin ich um die Jahreszeit mit einer schönen Bräune gesegnet, aber jetzt bin ich eher dunkelweiß.

Wir starten. Ich kralle mich in der Armlehne fest und bemühe mich, nicht dem Kleid an den Oberschenkel zu greifen. Stattdessen starre ich weiter aus dem Fenster. Die Landschaft draußen wird schneller und dann heben wir ab. Mein Magen fühlt sich flau an und so als würde er noch auf der Landebahn kleben. Um Übelkeit vorzubeugen atme ich tief und sehe gebannt auf die Wolken, die am Fenster vorbei ziehen. Sie sind dunkel, und Regentropfen rinnen horizontal auf dem Fenster entlang. Wir müssen uns in einer der dicksten Regenwolken befinden, die das Jahrhundert je gesehen hat. Nix mit Sahara-Sommer! Regen!

Auf einmal weicht meine Nervosität. Entweder wirken die Bachblüten, oder der Anblick des am Fenster entlang rinnenden Regens macht mich schwermütig.

Wer versteht eigentlich, was Wolken so tun?

Wäre er besser auf mich zu sprechen, würde ich jetzt den Vater ein paar Sitze hinter mir fragen, warum Regenwolken so dunkel sind.

14

Wer versteht denn das Prinzip einer Wolke? Haben Wolken ein Prinzip?

Ich sehe sie wie schwere Vorhänge vor dem Fenster. Bisher habe ich nie darauf geachtet, wenn ich mal im Flugzeug saß, aber jetzt werde ich nachdenklich: Wolken ziehen immer dann auf, wenn sie einem den Tag versauen wollen oder wenn er schon versaut wurde. Das bestätigt dann das schlechte Gefühl. Nicht umsonst haben sie seit jeher einen wahnsinns Auftritt in Literatur, Film und Fernsehen, wenn es schlecht um die Helden bestellt ist. Ich beschließe: *Wolken haben ein Eigenleben. Jene, die ich bald unter uns in der Ferne sehen werde, werden von oben aussehen wie große Canyons, wie riesige Softeisportionen, deren Waffel man nicht erkennt, weil sie so üppig sind. Sie werden aussehen wie Creme-Schlösser und Federpaläste.*

Ich bin ein wenig enttäuscht, weil die Wolken von oben betrachtet viel schöner aussehen werden, und ich werde auch ein wenig wütend auf sie, weil sie uns immer bloß ihre dunkle, hoffnungslos aussehende Seite zeigen.

Warum sind sie so? Warum zeigen sie uns nie, wie sie wirklich sind? Ist es verlogen oder sehe ich nur das, was ich sehen darf? Ist das auch verlogen? - Eine grundsätzliche Frage die mich dieser Tage beschäftigt.

Erik hat mich auch belogen. Er hat so getan, als würde es ihm schlecht gehen, dabei geht es ihm gut. Eine brutalere Art abserviert zu werden fällt mir nicht ein.

Na ja, vielleicht hat er wirklich gelitten, aber jetzt leide ich und es ist seine Schuld!

Ich sehe zu dem Zuspätkommer auf der anderen Seite des Ganges hinüber, weil sich weder Kleid noch Hut regen. Der Erik-Verschnitt blättert in einem Magazin. Er tut so, als sei nichts gewesen. Es ist aber etwas gewesen, sonst würde ich nicht im Flugzeug sitzen. Ich zerre meinen Blick von ihm fort und sehe dann lieber wieder am Kleid-Stilleben vorbei aus dem Fenster. Mir wird bewusst, dass ich Wolken nicht verstehe. Wie auch? Sie schweben still über einen hinweg und verschwinden. Man sieht eine Wolke kein zweites Mal. Und trotzdem können sie alle das Selbe: sie verdecken die Sonne und regnen auf alle herab, wie es ihnen passt. Ich weiß nicht, wie Wolken denken und ob sie überhaupt denken, obwohl ich mir sicher bin, dass sie eine Form der Persönlichkeit haben müssen, aber ich weiß, dass Erik wie eine Gewitterwolke über mein Leben gezogen ist. Dabei sah er erst aus wie eine dieser kleinen weißen Schön-Wetter-Wölkchen.

Ich möchte ihm noch immer vorwerfen, dass er mich getäuscht hat, aber eigentlich habe ich nur nicht richtig hingesehen. Er hat mich an etwas herangeführt, nachdem ich niemals gefragt hätte. Denn manche Fragen stellt man bewusst nicht, weil man ihre Antwort nicht erträgt.

Ich kann nicht mehr sagen ob wir aufwärts oder abwärts fliegen, weil der Flaum der dicksten aller Wolken der Menschheitsgeschichte hinter dem kleinen Fenster nichts weiter ist als eine Schwindel erregende graue und viel zu schnelle Masse.

Du bist verwirrt. Und du hast dich geirrt, Milva Lotti. Mit deinen achtunddreißig Jahren und trotz der Gabe, Menschen zu kategorisieren und zu katalogisieren, hast du dich geirrt. Und zwar doppelt und gewaltig!

Mir wird schlecht.

Bin ich nun auf ihn sauer? Oder auf mich selbst?

17

Kapitel Zwei
Hoppla! ist gut gelaufen

Als ich Erik das erste Mal gesehen habe, war er ... wie soll ich sagen? Etwas indisponiert?! Er stand halbnackt vor mir im Treppenhaus und sah mich an, wie Männer eben aussehen, die man halbnackt überrascht. Ich war gerade auf dem Weg zu ...

Moment, eigentlich muss ich viel früher anfangen. Also dreh ich die Zeit doch noch mal ein wenig zurück: drei Monate. Es wurde Frühling. Die ersten Sonnenstrahlen brachen durch die Wolken. Sie kamen jedoch mit einer solchen Wucht auf die Erde, dass sie den Auftakt zu einem unglaublich heißen Frühling gaben.

Die Vögel waren auch verfrüht nach Deutschland zurückgekehrt und hatten die Paarungszeit nach vorn verlegt. Es war alles durcheinander: Die Schneeglöckchen hatten unter dem Schnee bereits geblüht und wurden schnell von üppigen Narzissen verdrängt. Anfang März, wohl bemerkt!

Die Weibchen brachten enthusiastisch Nistmaterial zusammen, um üppige Nester im verbliebenen Halbschnee zu bauen und sich dann mit den eifrig balzenden Männchen zu befassen. Das alles jedoch ohne diskreten Blättervorhang, so dass ich, wo ich stand und ging, ständig gefiederten Tatsachen zusehen konnte. Ich weiß nicht, ob es nur mir so vor kam.

Jedenfalls begann alles an einem Dienstagmorgen: Mein Mann war bereits früh um sechs aus dem Haus gegangen. Er arbeitet etwas außerhalb von Hamburg. Seit Jahren diskutiert er mit mir darüber, aufs Land zu ziehen, aber ich, Milva Lotti, bin in achtunddreißig Jahren nicht ein einziges Mal über die Stadtgrenze hinaus in die ländliche Umgebung gereist. Nur, wenn es sich um das Ausland und den damit verbundenen Urlaub handelte. Kühe und Geflügel, die über die Straßen gescheucht werden, wollte ich nie sehen. Das hätte mein Bild von meinem modernen und zivilisierten Heimatland total verpfuscht!

Ich stand also wie gewöhnlich eine Stunde nach ihm auf, zog das Rollo hoch und was musste ich sehen? Zwei doof guckende Vögel, die ich gerade bei der Paarung störe. Na ja, so richtig gestört konnten sie sich nicht gefühlt haben, denn sie schienen sich angesichts meiner als Zuschauerin angefeuert zu fühlen, das Ei der Eier zu produzieren. Ich ließ das Rollo diskret wieder hinunter gleiten und machte Vivaldis Mandolinenkonzert in C-Dur an.

Gerade als ich auf dem gewohnten Weg zu unserer Kaffeemaschine war, wurde ich, wie von einer fremden Macht gesteuert, in mein Arbeitszimmer geführt.

Das Mandolinenkonzert finde ich irgendwie erotisch. Es drückt für mein Empfinden Freude und Leichtigkeit mit einem gewissen Tick Erotik aus, und als ich an diesem Dienstagmorgen meinen neuen Blueberry Vibrator aus der Schublade luschern sah (ein bunter Ultra-Vibro 3000 Freudenspender mit lustigem Gesicht, gemacht für Ehefrauen in den Mittdreißigern, die nicht mehr so viel mit ihrem Mann schlafen, wie zu vorehelichen Zeiten), überfiel mich der Gedanke, dass Morgenstund' auch was anderes wo drin haben könnte, wenn mein Mund noch verschlossen und schon kein Gold weit und breit zu sehen wäre.

Ich holte ihn aus der Schublade, setzte mich auf meinen Bürostuhl, schaltete meinen Rechner an und summte »Lass' uns wie die Vögel tun, hier und jetzt und nun.«

Seit ich Reza kenne, habe ich gelernt, dass Ersatzbefriedigung eines der wichtigsten Hobbys sein kann, die es gibt. Reza ist mein bester Freund. Er ist nebenbei bemerkt der einzige Mann, den mein Mann in meiner Nähe duldet, seit ich ihn davon überzeugen konnte, dass Reza schwul ist.

Mein Freund sagt unsere Körper seien Tempel für unsere Seelen und wir müssten uns gut um diesen Tempel kümmern. Diesbezüglich kann er Ulli die Hand reichen. Er hat mich einmal gefragt, was besser sein könnte, als sich selbst täglich neu zu entdecken und auch noch Spaß daran zu haben. Nun, er wohl täglich, ich entdecke mich nur ab und zu neu, aber Männer und Frauen ticken da auch vollkommen verschieden.

Vivaldis Mandolinen zupften also gerade mit flinken Fingern eine erquickende Melodie, als ich einen der ausgesuchten Links von meiner Favoritenliste anklickte. Manchmal benötige ich einen optischen Kick-off. Wirklich zu empfehlen.

Ich bemerkte, dass meine gern besuchte Seite, die von ansehnlichen Männerakten geziert durchs Internet schwebte, über Nacht völlig umgebaut worden war. Die Bilder waren neuerdings bewegte und dabei nicht weniger ansehnlich, könnte man sagen. Sie passten hervorragend in meine Vorstellung von ausgesuchter Erotik. Ehrlich, es war kein Schweinkram, den man für gewöhnlich im Internet vermutet!

Zu meiner Freude war beim Umbau Wert auf weiches Licht und ebenso softe Darstellungen gelegt. Herrlich! Blueberry wurde eingeschaltet.

Dann, als würde man es mir nicht gönnen, mich um meinen Tempel zu kümmern und das Schöne dieser Welt ungestört zu erklimmen, bimmelte mein Telefon. Aber wie! Es klingelte so hektisch und aufgewühlt, dass auch Vivaldis Mandolinen sich in meinen Ohren plötzlich anhörten wie das aufgebrachte Schraddeln einer hochhackigen Tänzerin, die versehentlich auf eine Harfe tritt. Blueberry wurde wieder ausgeschaltet.

Ganz und gar meiner Lust entrissen, den Tag fortlaufen zu lassen, schmiss ich Blueberry zurück in die Schublade und ging an das aufdringliche Telefon. Es handelte sich dabei übrigens um mein Sorgentelefon.

Eigentlich bin ich Chirurgin. Schönheits-Chirurgin, um genauer zu sein. Es hieß einmal: »Ärzte schwören auf Milva!« Aber irgendwann konnte ich kein abgesaugtes Fett mehr sehen, und ich ließ mich nach zunehmendem Brechreiz vom OP beurlauben. War gar nicht so leicht, meinem Chef zu erklären, dass sein Stern, der meinen Namen trägt, seit Neuestem anfängt mit Magensäften zu kämpfen, wenn er operieren muss.

Seitdem, und weil ich einen ausgeprägten Sinn für Küchenpsychologie mit anstudierten Kenntnissen habe, bin ich zur Stadtpsychologin mutiert.

Vor langer Zeit habe ich einmal einem Verzweifelten meine Telefonnummer auf einen Bierdeckel geschrieben. Er sah so traurig aus, und er tat mir irgendwie leid. Kurze Zeit später schon rief er mich an. Kurz darauf rief mich jemand anderes an, der Redebedarf hatte. So ging es eine Weile weiter. Meine Nummer ist mittlerweile der Geheimtipp unter den Verzweifelten der Hansestadt. Wenn sie anrufen, höre ich meist einfach zu, sage, was ich denke und für richtig halte, und meine Freundin Ulli hat mir beigebracht, wie man Karten legt. Auch sehr beliebt, wie sich herausstellte. Ich selbst glaube gar nicht an das, was die Karten sagen, aber die anderen schon.

Also ist aus dem Bierdeckel genau genommen so etwas wie die Nummer gegen Kummer geworden, ein Sorgentelefon, an dem eine allseits beliebte und gefragte Scharlatanin mit Kartentricks sitzt. Die Leute sind da anderer Meinung! Sie sind begeistert und dankbar. Deshalb gebe ich zum Ende meiner Beratungen immer meine Bankverbindung durch, für freiwillige Anerkennungen.

Man soll sich wundern, was die Leute bezahlen, wenn sie

das Gefühl haben, durch eine einfache Meinung die richtigen Hinweise bekommen zu haben. Beim Kartenlegen rasten sie dann völlig aus. Sie halten die Deutungen für treffsichere Urteile.

Noch etwas zum Wundern: Meine Klienten zahlen mehr, wenn ich sage: »Verstrickte Situation!« oder für die Zukunft schwarz sehe. Außerdem rufen sie dann wiederholt an, um zu fragen, ob sich schon etwas an der misslichen Lage geändert hätte.

Schwarzgeld, ich weiß! Aber mein Mann zahlt echt viele Steuern. Er heißt übrigens Ralph und ist seit Urzeiten erfolgreicher Vertreter in blau-blauem Gewand. Während er dafür sorgt, dass andere mit Versicherungsprodukten Steuern sparen, zahlt er umso mehr. Ebenso zahlt er mir ein kleines Gehalt, denn er hat mich als Telefonistin eingestellt. Daher habe ich zwei Telefone. Eins, um Kunden zu akquirieren, die sich unbedingt versichern wollen, und das andere, um mir Sorgen anzuhören und mit Karten zu spielen. Letzteres macht mehr Spaß, auch wenn es einen manchmal echt vom Hocker haut, was andere Menschen so bewegt.

An diesem Dienstagmorgen war das ebenso der Fall. Ich hörte es auf der anderen Seite zunächst bloß schluchzen. Schluchzer, die grob und von tiefer Oktave waren. Also handelte es sich um einen Mann. Ich ließ ihn eine Weile schluchzen. Ich habe festgestellt, dass meine Klienten gar nicht mehr in der Lage sind ein Wort zu fassen, wenn ich auf ihre Traurigkeit mit sofortigem Mitleid und dessen Bekundung reagiere.

»Was ist denn nur passiert?« habe ich zu Beginn meiner Laufbahn immer sofort gefragt, um meine Anteilnahme auszudrücken. Heute lass ich es ganz weg.

Es dauerte einige Zeit, bis ich heraus gefunden hatte, dass auf der anderen Seite Hilmar, der Problem-Pumper saß und weinte. Hilmar ist, laut eigener Aussage, ein stattlich gewachsener Mann mit dicken Muckies, der seine Freizeit im Fitness-Studio verplant, um seinen Muskeltonus zu erhöhen. »Meine Hobbys sind Solarium und Pumpen!«, hatte er im ersten Telefonat dumpf ausgeplaudert. Er muss ein echter Brecher sein, ausgestattet mit Hengstmanieren und mit einem delikaten Problem: einer erektilen Dysfunktion.

Ich habe ihm gesagt, dass das von den Steroiden kommen könnte, die er zu sich nimmt, aber er hat beteuert, die würde er nicht nehmen. Wenn, dann nur ganz selten und dann auch nur ganz wenig.

Kaum zu glauben, dass ein Mann der so groß sein muss, wie Hilmar, so heftig leiden kann, nur weil er ein einziges, winziges Körperteil nicht aufpumpen kann. Na ja, Männer sind ja so. Sie wollen entweder alles oder nichts.

Am Anfang wollte er nicht so recht mit der Sprache heraus, was genau sein Problem war, und er hat mich sogar angemacht am Telefon. Seine Machomaschen habe ich ihm jedoch schnell abgewöhnt. Nach und nach stellte sich heraus, dass er ein gutmütiger Mann ist, der sich einfach danach sehnt, jemanden an seiner Seite zu haben.

So fertig wie an diesem Morgen hatte ich ihn jedoch noch nie am Telefon gehabt.

Irgendwann verstummte das Schluchzen und er presste heraus: »Mein Fehler ist weg!«

Ich war mir nicht sicher, warum das so traurig sein musste. „Mein Fehler" war sein Ausdruck für die durch Doping verursachte Dysfunktion seines Penis.

Ich biss mir auf die Lippe, weil ich beinahe gefragt hätte, warum er dann heulen würde. Aber ich musste taktvoller vorgehen, denn Hilmar war sehr empfindlich auf zu prompte Reaktionen und zahlte schlecht, wenn er beleidigt war. Also fragte ich ihn, ob es für ihn nicht von Vorteil sei, zumal er sich so gewünscht hatte, dass sein Fehler irgendwann verschwindet.

Nach einer kurzen Pause sagte er weinend: »Jaah! ... Aber es ist schlimmer, als ich dachte!«

»Wie schlimm auf einer Skala von eins bis zehn, Hilmar?« - Wieder eine Heulpause.

»Ganz schlimm! So zwölf.«

Versteh ich nicht, konnte ich schlecht versetzen, also begann ich mit meinen Locken zu spielen und mir eine gescheite Frage zu überlegen, während er erneut in einer Tränenflut versank.

»Ich hab' jemanden kennen gelernt!«, greinte er schließlich.

Bravo! dachte ich. *Gleich zwei Fliegen mit einer Klappe: Jemanden gefunden und auch noch so jemanden, der dein Ding repariert. Ist doch Klasse.* »Was für eine freudige Überraschung! Wie ist sie denn?«

»Das ist ja das Proble-eem!«

»Was ist das Problem?«

»Es ist keine Sie!«

Keine Sie? ... Hilmar!!! Du bist schwul??

»Ist es nicht?«, fragte ich blinzelnd.

»Nein«, kam es schniefend durch den Telefonhörer. Ich sank in meinen Sitzsack, machte es mir darin bequem und ließ Hilmar heulen.

Der Ärmste. Coming-out und das mit Hengstmanieren.

Während Frauen mitunter hysterisch und bissig werden, wenn sie Kummer haben, beginnen Männer damit, in Selbstmitleid zu zerfließen oder sich in Zweifelsabgründe zu stürzen. Meinem Muskelprotz musste es ganz schön zugesetzt haben, denn er war für Gewöhnlich schnell mit Sprüchen dabei, die Dinge erbarmungslos abtaten oder sie ins Lächerliche zogen. An diesem Tag war Hilmar allerdings vollends aufgeweicht.

»Es ist ein ... ein ... es ist ... buhuuu ... « So ging es bestimmt zehn Minuten. »Vielleicht bin ich bi?«

Endlich! »Das ist heute keine Schande mehr, Hilmar«, sagte ich möglichst aufmunternd und so, als wären alle bisexuell. »Viele Männer entdecken ihre Sexualität heute ganz neu. Und es ist die richtige Zeit dafür. Vor fünfzehn Jahren war das noch ganz anders.«

»Mir egal.«, brachte er heraus. »Ich bin doch ein Mann. Ein Mann muss mit einer Frau ...«

Rasch unterbrach ich ihn: »Manchmal ist das eben nicht der Fall. Wichtig ist jetzt, dass du dich erst einmal beruhigst. Dann können wir das Ganze etwas sachlicher durchleuchten und gemeinsam versuchen die positiven Aspekte für dich heraus zu arbeiten.«

Er gab einen mausigen Grunzlaut von sich.

»Sieh mal, viele stecken in einer solchen Situation den Kopf in den Sand. Sie trauen sich nicht einmal mit ihrem besten Freund darüber zu reden und leiden daran umso mehr. Du hast mich angerufen – das ist schon sehr viel wert! Es genügt ja fürs Erste einmal. Niemand wird denken, dass du nicht auf Frauen stehst.« *Es sei denn du fängst auf offener Straße an zu heulen.* »Ich denke, du solltest es als Chance sehen und auf gar keinen Fall Vogel Strauß spielen. Vor allem, weil du sagst, dein Fehler sei weg.«

»Ja, ist er«, entgegnete Hilmar kleinlaut.

»Na also, dann kann es nicht schlimm sein, sondern eher das, was dir das Leben wieder erleichtert. Wir reden darüber, und dann wirst du frei entscheiden können, was du tust«, sagte ich begütigend. Danach ging ich zu dem Part über, der mir am meisten gefehlt hatte, seit ich nicht mehr als Ärztin tätig war: Das Übersetzen medizinischer Fachsimpelei in verständliche Worte.

»Was soll ich jetzt machen? Was sag ich meiner Freundin?«

»Die hast du doch gar nicht. Oder weiß ich das nur nicht?«

»Nee, hab keine!«, gestand er knapp.

»Und warum fragst du mich dann so etwas?«

»Weil ich ja vielleicht bald eine hab. Aus dem Spinning-Kurs. Rebecca.«

»Die haben wir doch letzte Woche gemeinsam an den Haken gehängt, weil sie dich seit Monaten nicht beachtet.«

»Ich hab mir überlegt, dass sie mich vielleicht bloß zappeln lassen will.«

»Will sie nicht! Glaub mir das bitte!«

»Woher willst du das so genau wissen?«

»Das sage ich dir, seit wir uns kennen und seit du mir diese Frage stellst, und du kennst die Antwort, Hilmar. Weil ich auch eine Frau bin und mich mit meinesgleichen sehr gut auskenne.«

»Du kennst dich mit vielen Sachen aus. Du bist echt intelligent!« Bei dieser Bemerkung musste ich ein wenig schmunzeln, denn kaum dass man ein paar zackige Antworten hervor brachte, die zudem plausibel klangen, waren die meisten Männer davon überzeugt, mir würde eine unglaubliche Intelligenz innewohnen. Nun, dumm bin ich nicht. Durchschnitt, denke ich. Wie auch immer, ich nutzte Hilmars schmeichelnde Frage, um zurück auf sein Thema zu kommen. »Die Ursache, wegen der du so aus dem Häuschen bist, kenne ich sehr gut. Es liegt in der landläufigen Erziehung. Man wird heteronormativ erzogen. So nennt man das.«

»Was ist das?«

»Deine Eltern sind Mann und Frau. Du kennst nichts anderes als diese Kombination, außer vielleicht vom Hörensagen, ist das richtig?«

»Schätze schon«, antwortete er dumpf.

»Eben. Heteronormativ erzogen bedeutet, dass du gelernt hast, heterosexuell zu sein. Das ist so, wie wenn man einem, der eigentlich Linkshänder ist, beibringt mit rechts zu schreiben.«

»Ich bin Rechtshänder«, antwortete Hilmar. »Was ist heterosexuell? Ich steh nicht auf Tiere oder so!«

»Nein, Heterosexuell bedeutet, dass ein Mann sich eine Frau sucht oder umgekehrt.«

»Dann bin ich heterosexuell.«

»Dazu kommen wir noch. Das Gegenteil von heterosexuell ist homosexuell. Dann ist man schwul.«

»Ich bin nicht schwul, falls du das meinst!«, protestierte er.

Ich ließ seinen Widerspruch ungeachtet. »Und bi kommt von Bisexuell und ist keineswegs nur ein geflügeltes Wort, sondern bezeichnet Menschen, die Männer und Frauen gleichermaßen anziehend finden.«

»Vielleicht bin ich bi.«

»Möglich.«

»Oh Gott!« Er hatte eine spontane emotionale Reaktion. »Kann man denn auch bisexuell erzogen werden?«

»Nein.«

»Wieso kann man denn dann hetero erzogen werden?«

»Na ja, man wird ja nicht darauf getrimmt. Jedenfalls in den meisten Fällen nicht. Aber erst einmal gehen ja alle davon aus, dass du dir als heranwachsender Mann mal eine Frau suchen wirst, um Kinder zu machen und sie vielleicht sogar zu heiraten, richtig?«

»Ja, ich will auch heiraten.«

»Das warten wir erst einmal ab. Rebecca wird's jedenfalls nicht werden. Mal ganz anders gefragt, bevor ich weiter mache. Findest du denjenigen denn nur attraktiv und zwar so attraktiv, dass dein Fehler sich in Luft aufgelöst hat oder habt ihr euch auch berührt?«

Es folgte peinliche Stille.

Als ich sie mit einer weiteren Frage brechen wollte, kam Hilmar mir jedoch zuvor. Er habe beim Training am Vortag einen jungen Mann gesehen, der ständig Blickkontakt zu ihm suchte. Unter der Dusche dann habe der junge Mann Hilmar gebeten, ihm mit Duschgel auszuhelfen. Hilmar habe zur freudigen Überraschung aller Beteiligten mit der spontanen Beendigung seiner Dysfunktion reagiert. Dann hätten sie sich berührt und das, seinen Schilderungen zur Folge, nicht zu wenig.

Reza zur Folge waren Männer mitunter ungebremst, wenn sie erst einmal einen gewissen Punkt überschritten hatten.

Kurz nachdem Hilmar berichtete, dass der junge Mann, dessen Namen er nicht wusste, ein weiteres Mal zu seinem Duschgel gegriffen hatte, ohne das Vorhaben, sich damit abzuseifen, unterbrach ich ihn in seiner Berichterstattung.

»Okay, ich kann mir ein Bild machen.« *Sogar in Farbe und lebhaft!* fügte ich in Gedanken hinzu.

»Bin ich jetzt bi geworden?« Mein Muskelprotz schien am Rand der Verzweiflung zu stehen.

»Also, wir halten fest: Man wird nicht bi.«

»Puh!«, hörte ich ihn erleichtert seufzen.

»Seit Sigmund Freud wissen wir von einem gewissen Anteil an bisexuellen Neigungen, den wir alle in uns tragen.«

»Den kenne ich. Das war der Seelen-Klempner, oder?«

»Richtig. Heute wissen wir aber auch: Nicht jeder entdeckt diese Seite an sich. Und: Schwul wird man nicht, schwul ist man. Das ist eine Redewendung.«

»Ich bin nicht schwul, Milva! Bin ich nicht!«, krächzte er.

»Was ich damit sagen will, ist: Es sind bisher keine seriösen Fälle bekannt, in der eine sexuelle Orientierung durch medizinische oder therapeutische Einwirkung verändert oder geheilt werden konnte. Es ist also keine Krankheit, und man entwickelt diese sexuelle Orientierung auch nicht.«

»Ich hab keine sexuelle Orientierung!«

»Darum geht es ja gerade. Bi zu sein wird nicht entwickelt, sondern nur entdeckt, verstehst du?«

»Mmh-hmm!«

Ich ließ Hilmar Zeit meine Worte sacken zu lassen und kramte mit einer Hand in meiner Klientenkartei herum. Dann zog ich die Karte mit seinen Daten heraus. Darauf stand:

HILMAR KÜMMERLING, * 03.03.1971/ TIEFBAU
FITNESS, SCHWERPUNKT: MUSKELAUFBAU
FRÄNKISCHER HERKUNFT,
FAMILIE IN SÜDDEUTSCHLAND
- WENIG SOZIALE KONTAKTE, STARKEN DRANG
„UNERREICHBARE" FRAUEN ZU VEREHREN
- AUTOAGRESSIVE TENDENZEN
OHNE AUSFÜHRUNGEN, UNBEDENKLICH,
MACHOALLÜREN
- SENSITIVER KERN, STARK AUSGEPRÄGTES
HARMONIEBEDÜRFNIS, HÖRT HEIMLICH
BOYGROUPS
- EREKTILE DYSFUNKTION

Ich setzte ein „erledigt" hinter den letzten Punkt und fügte einen weiteren hinzu:

- HOMOEROTISCHE DUSCHERLEBNISSE IM
FITNESS-STUDIO
-> COMING-OUT UNTERSTÜTZUNG (SCHWUL!)

»Die Frage, die sich stellt, mein lieber Hilmar, ist nicht, ob du schwul oder bi bist oder nicht. Das hilft uns jetzt nicht weiter. Die wichtigere Frage lautet: Möchtest du ihn wieder sehen?«

»Nein!«, fuhr er mich durch das Telefon an. »Ich hab gleich alles gekündigt und geh jetzt in ein anderes Fitness-Studio!«

»Warum?«

»Die anderen merken sonst was.«

»Was merken sie?«

»Na, der wird mich doch bestimmt anmachen!«

»Hat er das denn beim ersten Mal auch gemacht?«

»Ja klar.«, antwortete er, ohne zu zögern.

»Hat er dich nicht bloß um Duschgel gebeten?«

»Ja und?«

»Wer von euch hatte die Erektion?«

»... Die was?«

»Den Steifen, Hilmar, den Steifen.«, kam ich ihm zur Hilfe.

»Ach so. ... hmm ... ja, ich. Aber er auch.«

»Du doch aber zuerst, oder nicht?«

»Na und! Kriegt man halt manchmal, 'ne Latte.«

»In letzter Zeit kannst du das ja nicht unbedingt behaupten, nicht wahr? Und bekommst du sonst auch einfach so eine Erektion, wenn dich jemand darum bittet mit Duschgel auszuhelfen?«

Stille.

»Möchtest du, dass er dich noch mal nach Duschgel fragt, Hilmar?«

Nach einem mürrischen Laut und einer weiteren Pause brachte er ein »Kann schon sein« hervor und zügig schob nach: »Na und. Vielleicht war das ein Ausrutscher. Ist doch nicht so wild.«

»Beides richtig.«

»Eben. Ausrutscher halt. Ist doch nicht so schlimm. Kann man vergessen, oder?«

»Nein, ich meinte dein *Na und* und dein *Nicht so wild*. Ein Ausrutscher wird es nicht gewesen sein. Versuch mal, es so zu betrachten: Du hast schrecklich darunter gelitten, dass du keine Erektion bekommen konntest. ... Also, das ist der Steife ... und du bist doch so achtsam mit deinem Körper, oder?«

»Ja, mein Körper ist mein Freund. Deshalb rauche ich nicht und ich trinke auch nicht. Man muss auf ihn Acht geben und auf ihn hören. Wenn er Fieber hat, dann kann er kein Sport vertragen. Und wenn er müde ist, dann braucht er Ruhe. Das weißt du doch. Das weiß doch jeder!«

»Du sagst es. Dein Körper ist der Tempel deiner wirklich liebenswerten Seele. Du kennst die Lösung schon: höre auf deinen Körper. Er hat dir ziemlich deutlich die Richtung gewiesen und im wahrsten Sinne des Wortes auf den jungen Mann gezeigt. Willst du nicht auf ihn hören, wenn du doch sonst so achtsam damit umgehst?«

»Also Milva, ich weiß nicht! Vielleicht hat er sich geirrt, mein Körper.«

»Dann frage ich dich, anstelle deines Körpers: Fändest du es allzu schlimm, anders zu sein, als du bisher geglaubt hast? Auch anders als die anderen Männer, die du bis jetzt kennen gelernt hast?«

»Meine Mutter sagt immer: Für die anderen sind wir die anderen.«

»Kluge Frau.«

»Ja, sie ist intelligent, meine Mutter!«, sagte er stolz, und ich dachte: *Du nicht. Das würde einiges erleichtern. Aber sei's drum.*

»Du bist ihr Sohn. Also mach deine Mama stolz, und verhalte dich intelligent.«

Mein Muskelprotz schien einen Moment überlegen zu müssen. »Und was soll ich Intelligentes tun?«

»Abwarten und es ausprobieren, wenn du die Gelegenheit dazu hast. Wenn du es dir anders überlegst, kannst du es ja immer noch abbrechen. Nur tu dir selber einen Gefallen und schütze dich.«

»Wovor?«

»Vor Geschlechtskrankheiten.«

»Ach so. Gummi, meinst du.«

»Ja, Gummi.«

»Die haben immer Aids, die Schwulen. Das ist die Schwulen-Pest. Das hat mein Vater gesagt. Ich will das nicht auch haben. Krieg ich das auch dann, wenn ich nur bi bin? Ich meine, dann bin ich ja noch lange nicht schwul. Stirbt man nicht daran?«

Offenbar nicht heteronormativ sondern heterosexistisch erzogen. Sicher! Der Virus wird sagen: Oh, ach so, du bist bisexuell. Dann machet man jut! Dummer Mann, dein Vater. Und du solltest dich was schämen, Hilmar!

»Also Hilmar, das hab ich jetzt aber nicht gehört. Natürlich kriegt man das nicht automatisch, nur weil man entdeckt, schwul zu sein.«, tadelte ich ihn.

»Ich bin nicht schwul!«

»Bisexuell«, berichtigte ich schleunigst. »Täusch dich nicht. Denn erstens haben sie nicht immer Aids, die Schwulen, und es gibt Wege, sich zu schützen, die dir bekannt sind. Es ist eine Krankheit, die sexuell übertragen werden kann. Schwule gehören einer Risikogruppe an. Und das Wort Schwulen-Pest streichst du fein säuberlich aus deinem Wortschatz. Das will ich nie wieder hören!«, verteilte ich scheltend.

Ich hörte ihn am anderen Ende der Leitung wie ein betroffenes Kind gehorsam nicken.

»Ich will dir mal erzählen, was auf dich zukommt, wenn du feststellst, das du tatsächlich bisexuell bist.«

Er machte einen Laut, als verdrehte er die Augen.

Weil es nun kompliziert wurde, sprach ich langsamer:

»Manchmal entstehen erhebliche Spannungen zwischen den Erwartungen anderer an die Gefühle eines Menschen, dem so etwas passiert wie dir, und seinen tatsächlichen Gefühlen. Während andere Männer eine Frau erotisch oder erregend finden, empfinden bisexuelle Männer die Situation ebenso anders. Bei vielen kommt dadurch das Gefühl des Alleinseins hoch. Das führt oft zu Schuldgefühlen oder sogar zu Selbsthass. Das sollte dir nicht passieren. Du hast meine Nummer und weißt es nämlich besser, nicht wahr?«

Hilmar begann leise am anderen Ende der Leitung zu weinen.

»Halt dir bitte vor Augen, dass es viele Männer gibt, die andere Männer erotisch finden. Andere Bisexuelle zu finden wird nicht schwer sein. Vielleicht sogar von Vorteil für dich, wenn du nicht mehr ins alte Fitness-Studio gehst, dann lernst du neue Leute kennen. Niemand hat Schuld an seinen Gefühlen. Wenn deine Gefühle dir sagen, dass du einen jungen Mann attraktiv findest, dann ist alles bestens, glaub mir. Sei froh, dass du keine Familie mit Frau und Kind hast. Das gibt es sehr häufig. Diese Männer haben es nämlich wirklich schwer, weil sie sich schlimmstenfalls rechtfertigen müssen. Du musst das nicht, denn du bist ungebunden und Mitte dreißig. Du solltest es ausprobieren und es für dich behalten, bis du dir sicher bist, wie deine Gefühle sind und ob du sie annehmen willst oder nicht. Ein Weg hat viele Abzweigungen, Hilmar. Vielleicht biegst du einfach mal ab und schaust dich ein wenig um. Und wenn es dir nicht gefällt, dann kannst du ja noch immer umkehren.«

»Meinst du?«

»Allerdings! Und schau mal, du lebst in einer Weltstadt. Du lebst in Hamburg. Hier gibt es ganz viele ...« *Schwule, Schwule,* schwirrte durch meinen Kopf. » ..., die bi sind.«

»Ja?«, fragte er schniefend und ein wenig verwundert.

»Kennst du welche? Ich nicht.«

»Ich kenne sogar sehr viele. Und es rufen mich täglich Männer an, die verzweifelt sind, weil sie entdeckt haben, dass sie bisexuell sind«, log ich engagiert.

»Also, dafür muss sich doch keiner von denen schämen, oder? Jeder so, wie er will, oder Milva?«

»Du bist ein kluger Kopf, Hilmar. Deine Mutti wäre stolz auf dich.«

Hilmar schwieg über sein Lob hinweg, während ich gerührt die Lippen kräuselte. »Aber du musst mir versprechen, dass du dich nicht selbst überschätzt.«

»Was meinst du damit?«

»Es erfordert Mut und Selbstvertrauen, was vor dir liegt! Das bedeutet, es gibt natürlich auch Widerstände. Eigene in dir selbst und auch äußere, von anderen Menschen ausgehend. Sei nicht enttäuscht, wenn jemand mal negativ reagiert. Daraus können Stressreaktionen entstehen. Wenn es so sein sollte, rufst du mich an. Versprichst du mir das?«

»Ja«, sagte er folgsam. »Und wo finde ich die, die so sind wie ich vielleicht bin?«

»Na ja, du brauchst ja keine einschlägigen Orte aufsuchen, in denen du dich verfrüht outest. Schau mal im Internet nach. Wenn du willst, dann gebe ich dir ein paar Links. Aber pass dabei ein wenig auf. Es gibt viele, die nicht sind, was sie vorgeben zu sein. Triff dich nur mit ihnen, wenn du sicher bist!«

Ein lautes »Treffen?!« flog mir aus dem Hörer entgegen, dass mich veranlasste sofort Plan B auszuwerfen: »Schau dich erst einmal im Internet um, und wenn du auf dem Weg zur Bank bist, dann schau mal ganz unverbindlich in dem Laden *Hoppla!* rein. Dort sind Menschen, die Selbsthilfegruppen für bisexuelle anbieten und...«

»Ich soll in eine Selbsthilfegruppe? Hast du einen Schuss?«, polterte er mich an.

»Nein, um Himmels Willen, da sitzen doch bloß Pubertierende herum, die sich über Trends unterhalten und noch nicht im Leben stehen. Aber dort gibt es Broschüren. Frag einfach nach einem Heft für Anfänger. Ist ganz unverbindlich und sehr informativ. Setz einfach eine Sonnenbrille auf. Dann erkennt dich niemand.« *Puh, fast hätte ich mich um mein eigenes Gehalt gebracht!*

»Es ist noch nicht mal richtig Frühling. Sonnenbrille, wie peinlich. Das machen nur Spackos.«

Ich blieb still und er gab klein bei: »Ja, mach ich mal. Aber was mache ich, wenn ich ihn dort treffe?«

»Wen?«

»Na, den Typen aus'm Fitness-Studio.«

Dann frag ihn ob er noch Duschgel braucht. »Ich glaube nicht, dass du ihn dort treffen wirst. Wenn er mal dort gewesen sein sollte, ist das sicher lange her.«

»Meinst du? Wenn der da ist, geh ich nicht rein.«

»Dann gehst du ein anderes Mal noch mal dort hin.«

»Und wenn er dann dort ist?«

»Dann gehst du rein und grüßt recht freundlich! Du bist doch ein erwachsener Mann, der sich vor nichts fürchten muss. Du kannst ja vorher mal dran vorbei gehen und die Lage checken.«

»Gute Idee«, schnaufte Hilmar erleichtert und bedankte sich bei mir. Er sagte, er fühle sich jetzt viel besser, und er würde sich eigentlich viel mehr darüber freuen, dass sein Fehler nunmehr Geschichte zu sein schien.

Wochen später traf ich jemanden, von dem ich überzeugt, das es Hilmar ist. Wir hatten einander noch nie gesehen. Der Mann, den ich in fetzigen Klamotten mit einem Telefon in der Hand in dem Café an der Alster sitzen sah, kam meiner

Vorstellung von Hilmar sehr nahe. Er wartete auf jemanden, und es war ihm anzusehen, dass er furchtbar aufgeregt war.

Kaum dass seine Verabredung eintraf, ein vernünftig aussehender Mann Anfang dreißig, stand ihm der Schweiß auf der Stirn. Später jedoch sah er gelassener aus. Während ich ein paar Tische weiter in Ruhe einen Kaffee trank, sah er mich einige Male an, als wüsste er, wer ich bin, und als wolle er sich bei mir bedanken. Angerufen hat mich Hilmar bisher nicht wieder. Aber er hat mir fünfzig Euro überwiesen mit dem Verwendungszweck: „*Hoppla!* ist gut gelaufen."

Kapitel Drei
Rasierte Eichhörnchen

Einige Wochen später traf ich mich mit Reza zum Mittag. Eine äußerst anstrengende Zeit lag hinter mir. Man soll sich wundern, dass die Selbstmordrate im Frühjahr ansteigt – mag damit zusammenhängen, dass das Licht zu lange gefehlt hat. Ich hatte einen Schwall von verzweifelten Selbstmordanwärtern erfolgreich davon überzeugen können, ihre Jalousien wieder aufzuziehen, die sie zum Schutz vor der feindlichen Sonne heruntergezogen hatten. Völlig paradox.

Bei einem Blick auf mein Konto konnte ich sicher gehen, dass sie alle sich in den warmen Frühling begeben und überlebt hatten, und nun saßen Reza und ich zu Mittag in einem libanesischen Restaurant. Die Sonne hatte schon so viel Vorarbeit geleistet, dass wir Mitte April im kurzen Oberteil unter den ersten entfalteten Blättern im Freien sitzen konnten. Das Restaurant hatte vor Kurzem erst eröffnet, war trendbewusst eingerichtet und hatte gut aussehendes Personal. Ich muss schon sagen, dass die Preise etwas gepfeffert waren. Wahrscheinlich ist schickes Personal mit Benimm auch der Grund für schicke Preise mit hohen Zahlen vor dem Komma. Aber Reza und ich leisten uns den Luxus dieser Art ein Mal im Monat, um die extremen Neuigkeiten auszutauschen. Normale Dinge besprechen wir meist umgehend, aber spezielle Fälle, wie den Untreueskandal meiner Schwiegereltern oder Rezas drei Jahre andauernden Partnertausch in der Nachbarschaft, heben wir für eben diese Treffen auf.

Mein Freund bestellte flirtbedingt versehentlich eine Platte für vier Personen für sich allein bei unserem Kellner, der aussah, als würde er einem persischen Königsgeschlecht entspringen. Von Rezas herzigen Blicken errötet, irritierte den vermeintlichen persischen Prinzen die bestellte Menge kaum. Meine hingegen nahm er gar nicht erst auf und taumelte liebestrunken in die Küche.

»Ganz Klasse! Ich hab nicht mal was bestellen können«, maulte ich. »Der hat mich gar nicht gesehen, glaube ich. Eine Frechheit!«

»Milva«, lenkte Reza begütigend ein. »Dann isst du eben bei mir mit. Ich glaube, es ist sowieso zu viel. Was hab ich denn eigentlich bestellt?«

»Die dreiundfünfzig«, entgegnete ich und schleuderte meine Handtasche auf den schwarzen Edelmetallstuhl neben mir.

Reza schlug die Karte auf und warf einen Blick auf die dreiundfünfzig: Eine L'Ebane-Platte inklusive zweier Gläser Weinschorle.

»Ach du Scheiße! Das ist ja für vier Personen«, rief er in die vorgehaltene Hand.

»Ja, die Verwunderung war ganz meinerseits. Aber ich dachte: Sag man nichts. Die Weinschorle kannst du übrigens alleine trinken. Ich rühr das Zeug nicht an. Du weißt, wie schnell ich betrunken bin.«

»Von Weinschorle?«, fragte Reza mit verzogenen Augenbrauen. Dann besann er sich zurück auf seine Bestellung und verschärfte seinen Gesichtsausdruck noch ein wenig. »Du lässt mich einfach eine Platte für vier Personen bestellen, ohne einzugreifen? Und wenn ich einen Diamanten geordert hätte, was dann? Mit dir an meiner Seite bin ich verloren! Was bist du nur für eine Freundin?«

»Eine, die dich gut genug kennt, um zu wissen, dass wenn deine Wangen Feuer gefangen haben, dein Hörzentrum aussetzt. Du hättest mich eh weder gehört noch verstanden. Also hab ich von jeglichen Einwänden abgesehen. Hast du überhaupt mitgeschnitten, wie du die Bestellung aufgegeben hast?«

Mir kam ein Kopfschütteln zur Antwort entgegen geflattert, und ich war erfreut, die Szene nachstellen zu dürfen.

»Du hast die Karte auseinander gerissen und geschäftig so getan, als könntest du in deinem Zustand lesen. Dann hast du auf eine Seite getippt und Da! gesagt wie ein Dreijähriger und mit dem Finger irgendwo hin gezeigt.«

»Du kriegst die Tür nicht zu!«, staunte Reza. »Er hat die Nummer gesagt und ich hab wieder nur genickt ... O Milva, du hättest etwas unternehmen sollen.«

Ich kam sofort aus meinem Stuhl nach vorn geschossen. »Was hätte deiner Meinung nach denn gewirkt? Soll ich mitten in der Stadt auf der Straße meine Brüste entblößen?«

»So was hätte bestimmt für einen Aha-Effekt gesorgt und mich vor dieser Wahnsinnsbestellung bewahrt!«, moserte er mich an. »Guck mal auf den Preis!«

»Genau«, versetzte ich, ohne auf die Preisfrage einzugehen. »Weil meine Brüste auf diesem Tisch dich auch unglaublich interessieren. Die würdest du nicht einmal wahrnehmen, wenn sie dir in den Finger beißen!«

»Doch, dann schon!«, frotzelte er, aber er kam nicht weiter in seinen Ausführungen, weil mich eine SMS erreichte mit der Nachricht, dass jemand auf meinem Sorgentelefon angerufen hatte. Ein hochtechnischer Callmaster (ein edler Anrufbeantworter für moderne Frauen in den Mittdreißigern, die wünschen, dass weder technische Neuerrungenschaften, noch einkommensträchtige Anrufe an ihnen vorüber ziehen) hatte dem Klienten gesagt, dass ich zu Tisch sei. Er wiederum konnte mit einem Druck auf die Taste 3 eine SMS-Benachrichtigung an mich auslösen, damit ich schneller zurück rief. Das Ding schickt mir dann sogar die Nummer des Anrufers mit, den ich verpasst habe. Äußerst praktisch. Ich liebe Technik und digitalen Klöterkram, auch wenn ich nicht alles davon auf Anhieb verstehe.

»Warte mal eben.« Ich tippte auf meinem Handy herum und wartete gespannt, wen ich erreichen würde. Seit ich mit meinem Handy in eine All-Inclusive-Flat wechseln konnte, rufe ich gelegentlich auch wirklich zurück. Die Nummer, die mir geschickt worden war, war mir nicht ganz und gar fremd, aber ich schwankte zwischen meinem Lieblingsalgerier Yassine und dem Lipposom.

Yassine ist ein sportlicher junger Mann algerischer Herkunft mit ausgeprägtem Hang zu Übermut und Selbstüberschätzung – seines Zeichens Hansdampf und wahrscheinlich gutaussehend.

Das Lipposom heißt eigentlich Torben. Ich nenne ihn so, weil er mir in einer Telefonsitzung erzählt hat, dass er ganz pralle Lippen hätte, worauf hin ich bemerkte, dass man das an seiner Art zu reden sogar hörte. Seine eigens gepriesenen Lippen gaben vor und nach seinen Sprechpausen ein feuchtes Geräusch von sich, und manchmal redet er auch schnoddrig. Außerdem behauptet er, dass seine Lippen »Alles Natur!« sind.

Er redete eigentlich hauptsächlich von ihnen. Mit der Zeit wurden sie in meiner Vorstellung zu lipidbehandelten Fahrradschläuchen – seither nenne ich ihn das Lipposom. Übrigens praktisch, sich Synonyme auszudenken, denn manche Klienten haben den selben Vornamen.

Als sich der Mann auf der anderen Seite meldete mit: »Yassine Fahrenheit«, vergaß ich das Lipposom und seinen natürlichen Gesichtsschmuck wieder.

»Hallo, hier spricht Milva.«

»Milva!«, freute er sich. »Na, alles fit? Bist gerade essen? 'n Guten wünsch ich!«

»Hallo, ich habe die Nachricht erhalten, dass du mich sprechen wolltest.«

Yassine ist vierundzwanzig und hat nach vielen Versuchen, seinen Beruf zu finden, endlich seinen ersten ergriffen: Polizist. Seit er eine Waffe trägt, ist er, meiner Einschätzung nach, etwas zu enthusiastisch mit vielen Dingen. Er ist ein Weiberheld, der mit jugendlicher Schönheit und einem unschuldigen Gesicht gesegnet ist. Zumindest sagt er das. Er hat mir zu Beginn seiner Anrufe einen Steckbrief von sich durchgegeben.

Während der ersten Gespräche stellte sich heraus, dass er einen starken Drang hat, sich zu erklären, und dass er Statements zu fast allem gibt. Auch und vor allem unqualifizierte. Seine Vorstellungen von einfachen Dingen wie Liebe und Vertrautheit gibt er jedoch nicht preis. Stattdessen tönt er oberflächlich über schicke Autos, er ist ultra stolz eine designte Uniform zu tragen, und er findet die Wasserhähne in seiner Wohnung ganz toll, weil das Wasser per LED farbig beleuchtet wird, wenn er den Hahn aufdreht. Hinzu kommt eine ausgeprägte Affinität zu Armbanduhren. Mir erschließt sich dadurch der Eindruck, dass er sich über Äußerlichkeiten definiert, um seine inneren Werte zu vertuschen. Daran arbeiten wir seit einiger Zeit.

»Ja, aber ich wollte dich nicht beim Essen stören.«, sagte er höflich.

»Das macht gar nichts. Das Essen wird noch eine Weile dauern. Ich habe gerade erst bestellt«, erwiderte ich.

Es fiel mir nicht schwer, mir seine Karteikarte ins Gedächtnis zu rufen:

YASSINE FAHRENHEIT, *15.12.1988 / POLIZEI
    - ALGERIEN,
        FAMILIE DEUTSCH EINGEBÜRGERT,
        ZWEI JÜNGERE BRÜDER
    - SCHNELLE PSYCHOSOZIALE

ÜBERLAGERUNG MIT
EMOTIONALER ISOLATIONSFOLGE
- NEIGT ZU ÜBERBEWERTETER
  WAHRNEHMUNG
- DEFINIERT SICH DURCH STATUSSYMBOLE
- WUNSCH NACH SCHNELLER KARRIERE IM
  AUSLAND (UNBESTIMMT)
- SUCHT „DIE RICHTIGE"

»Ich kann dich doch nicht vom Essen abhalten. So dringend ist es ja auch nicht«, tat er seinen Versuch ab, mich mittags zu erreichen.

»Yassine, das ist in Ordnung, wirklich. Dafür bin ich ja da. Mittags ist sonst gar nicht deine Zeit. Deshalb gehe ich davon aus, dass etwas los ist. Was gibt es denn?«

Als Reza Yassines Namen registrierte, faltete er mit bettelndem Ausdruck die Hände und rückte näher, um die algerische Stimme zu hören. Zugegeben, der Stimme nach zu urteilen könnte es sein, dass Yassine tatsächlich sehr hübsch ist. Aber da soll man sich ja nichts vormachen. Die schönsten Stimmen können in optisch ungünstigen Überraschungen wohnen, und umgekehrt. Allerdings gewähre ich ihm einen Südländer-Bonus.

»Ach, eigentlich nichts besonderes«, antwortete der Algerier.

»Na, spuck's schon aus«, bat ich ihn, jegliche Umschweife zu unterlassen.

»Na ja, ich hab dir doch von den Sonderstreifen erzählt. Die Fußstreifen am Elbstrand, die neuerdings durchgeführt werden.«

»Ja«, gab ich vor, mich zu erinnern und begann zu grübeln. *Irgend etwas ist da mal gewesen,* dachte ich. *Elbstrand ... Elbstrand? Nein, alle Erinnerungen weg!*

Zu meinem Glück begann Yassine den Umstand mit der

Sonderstreife noch einmal zu erklären: »Unser Chef hat einen Einlauf von der Stadt bekommen, weil es skandalöses am Elbstrand zu beseitigen gäbe. Deshalb hat er diese Sonderstreife eingerichtet. Und ausgerechnet ich und der Morris, das ist mein Kollege, müssen den Strand jetzt sauber halten. Du weißt schon, warum?«

»Ja ... natürlich«, antwortete ich so selbstverständlich wie möglich. »Sauber halten.«

Es tut mir wirklich leid, wenn Sie jetzt einen schlechten Eindruck von mir bekommen, aber es gibt Klienten, die reden so viel Stuss, dass man nur sehr schwer eine Auswahl der wichtigen Dinge heraus filtern kann.

Yassine ist mitunter wirklich charmant, hat aber eigentlich überhaupt kein einziges Problem, außer, dass er eine Freundin sucht und kaum Kontakte von tiefer Qualität hat. Ich glaube, dass das der eigentliche Grund für ihn ist, mich anzurufen. Aus dem selben Grund ist es nicht immer leicht an den Kern in Yassine heran zu kommen. Es gab schon viele Situationen in denen ich ihm seine auffällig vielen Fragen richtig beantwortet hätte, aber er hätte diese Form der Antwort nicht wahrgenommen. Er fragt dann einfach weiter, so wie ein durchfahrender Zug, der an einem vorbeirauscht. Man hört ihn kommen, man spürt den Wind, den er vor sich her schiebt, und er übertönt alles, wenn er neben einem ist. Aber er hält nicht an den Milchkannen, denn es ist ein ICE. Etwa so ist Yassine. Ein unglaublich männlicher Zug, wie ich sagen muss.

»Sag mal, dieser Morris, hast du schon oft mit dem zusammen gearbeitet?«

»Ja, manchmal. Wir sind alte Kumpels.«

Du lügst. Du bist vierundzwanzig und erst seit einem halben Jahr mit der Ausbildung fertig und zudem hier in Hamburg. Außerdem weiß ich, dass Morris erst seit ein paar Wochen bei dir im Revier ist. Hast du mich bereits zur Busenfreundin gekürt, weil wir uns seit drei Monaten kennen? »Aha. Also kennst du ihn!«

»Sicher. Wieso? Willst ihn kennen lernen?«

»Nein, ich frage nur, damit ich mir ein besseres Bild von euch auf Streife machen kann. Das sind wichtige Informationen. Was ist also eure Hauptaufgabe in der Sonderstreife?«

»Hast du denn noch nie gesehen, was Polizisten machen, wenn sie auf Streife sind?«

»Was machen sie denn, wenn sie auf Streife sind?«

»Das kommt darauf an.«

»Worauf kommt es an?«

»Auf den Kollegen.«

»Morris ist doch dein Kumpel, oder nicht?«

»Sind Kumpels, die auf der Schicht abhauen wirklich Kollegen?«

»Ist er verschwunden? Weißt du wohin? Oh Gott, ist ihm etwas passiert? Rufst du deswegen an? Brauchst du Trauerbegleitung?«

»Nein, aber wenn er nicht weg gegangen wäre, dann wäre das alles nicht passiert.«

Ein Blick in Yassines Inneres kündigte sich an. Ab diesem Zeitpunkt musste ich vorsichtig sein, dass er die Tür nicht einfach wieder zuschlug, also ließ ich ihn einfach reden.

»Wir sind also auf Streife am Elbstrand gewesen. Dort wo sich in letzter Zeit so viele Sachen ereignen. Also, dort sollen sich ja die Homos immer im Gebüsch treffen. Manchmal ist es eben so, dass sie zu weit aus dem Gebüsch heraus kommen. So wie auf manchen Parkplätzen auch. Das fällt den Leuten dann natürlich auf, die an der Elbe spazieren gehen, und dann trudeln die Beschwerden und Meldungen in der Wache ein. Stört einen ja auch, wenn man beim Spazieren plötzlich unfreiwillig vor nackten Tatsachen steht.«

Ich musste unweigerlich an die Vögel denken, die noch immer täglich den Frühling vor meinem Fenster zelebrierten.

»Nachdem wir eine Zeit lang dort Streife laufen, gehen sie wieder in die Hecken. Kollegen haben erzählt, sie mussten auch schon welche in die Rüben jagen. Jetzt haben wir die Strecke ganz allein, und ich muss schon sagen, die waren eigentlich ganz harmlos. Also, man hat nichts gesehen oder so. Ich glaube, dass die Leute sich manchmal zu schnell aufregen. Jedenfalls: Morris war an diesem Tag einfach verschwunden. Eben ging er noch in Sichtweite am Strand entlang, und dann war er plötzlich weg. Ich hab ihn nicht wieder gefunden und bin weiter auf und ab gestiefelt. Dann hab ich diesen Typen getroffen.«

Reza klatschte neben mir in die Hände und hüpfte einmal in seinem Stuhl auf und nieder. Dabei stieß er ziemlich unsanft gegen meinen Kopf.

»Aua! ... äh, was denn für'n Typen?«, fragte ich vertuschend, während Reza seine Handflächen freudig rieb und mir zuflüsterte: »Es hat ihn erwischt! Wetten?«
Ich zog den Hörer zur Seite und winkte abwehrend, als der hübsche Kellner unsere Getränke auf dem Tisch abstellte. Flugs deutete ich Reza an, er solle mir noch ein Glas Wasser bestellen. Er und der Kellner sahen erst einander und danach mich etwas verwundert an.

»Warum bestellst du denn nicht direkt? Der junge Mann steht ja neben dir«, wollte Reza wissen.

Mit liebreizendem Lächeln hielt ich das Mikro meines Handys zu. »Ich war mir nicht sicher, ob er mich wahrnimmt. Bei der letzten Bestellung ging's ja auch nicht gut.«
Das Gesicht der Servicekraft wurde bleich.

»Nichts für ungut, junger Mann, ich wollte die einundzwanzig mit ein bisschen siebzehn aber nun haben wir ja die dreiundfünfzig. Wenn sie so gut wären, mir noch ein Glas

Leitungswasser zu bringen? Null-fünf wäre toll«, bestellte ich zuckersüß, und er verließ uns nickend und mit mittlerweile rosa Wangen.

Reza tippte sich an die Stirn. »Ein halber Liter Leitungswasser. So etwas bestellen Studenten, die vor haben, nett 'n bisschen den Platz zu blockieren, stundenlang.«

»Halt den Mund«, befahl ich flüsternd. »Ich krieg nur die Hälfte mit.«

»Und ich krieg hier gar nichts mit«, maulte Reza. »Aber ich sage dir, wie es ausgeht: Er hat dort jemanden getroffen, und der ist ihm an die Wäsche gegangen, und er fand es toll. Ebenso wie sein Kollege, der sich nach dem Erzählstand bereits zwischen den aufblühenden Knospen seine Wunderkirsche zeigen lässt.«

»Wunderkirsche?«, zischte ich verständnislos.

»Prostata«, erwiderte Reza und hob sein Glas Schorle prostend an. Als ich mich Yassine wieder widmen konnte, war das meiste bereits geschehen. Er hatte unbehelligt weiter geschnattert. Schnell gab ich ein paar Aha's und Hmm's von mir.

» ... Ehrlich, der Typ sah ganz normal aus, und wir haben uns auf einen Stein gesetzt und uns ein bisschen unterhalten. Sein Hund ist die ganze Zeit um uns herum gelaufen. Magst du Hunde, Milva?« Ich war froh, dass dies die erste Frage zu sein schien und antwortete mit: »Kommt darauf an.«

»Welche Hunde magst du?«

»Chihuahuas!«

»Findest du, dass das richtige Hunde sind?«

»Ja. Eichhörnchen sind es nicht.«

»Sehen aber aus wie rasierte Eichhörnchen.«

»Na ja, kommt auch drauf an. Ich hab noch nie ein Eichhorn länger als zwei Sekunden gesehen, und rasierte waren schon mal gar nicht dabei, denke ich. Hinzu kommt, dass

Chihuahuas nun mal keinen buschigen Schwanz haben. Also eher nein.«

Auf dem Sitzplatz gegenüber wechselte ein heiteres Gesicht über zwei weitere Ausdrücke in den Stirnrunzel-Modus, dem ich mit hochgezogenen Schultern statt gab. Ich sah Rezas Verwirrung über die Problematiken meines Klienten als Anlass, um den Faden wieder aufzugreifen: »Warte mal, Yassine. Nur, damit ich alles richtig behalte: Du warst auf Streife und dann hast du dich mit einem Typen unterhalten, der plötzlich anstelle deines Kollegen auftauchte. Und der hatte einen Hund dabei?«

»Ja, richtig.«

»Gut. Was für einen Hund?«

»Einen Golden Retriever.«

»Aha. Was passierte weiter?«

Offenbar verstand Yassine mein Resümee als Aufforderung, zum Punkt zu kommen.

»Ich hab mir auf dem Stein beim sitzen ein Ei eingeklemmt.«

»Ein Ei eingeklemmt?«

Reza ließ die Gabel fallen, mit der er soeben versucht hatte die Kohlensäurebläschen in seinem Glas zu erstechen.

»Meine Hose hat gekniffen«, rechtfertigte sich Yassine indes. »Das passiert manchmal.«

»Gekniffen«, wiederholte ich nickend, und Reza fragte entsetzt: »In das Ei?«

»Davon verstehen Frauen nichts«, versetzte Yassine. »Und dann hat er .... ey, ich kann's gar nicht sagen.«

»Es gibt überhaupt keinen Grund genierlich zu sein, Yassine. Denk daran, unsere Telefonate sind ein wertfreier und vor allem angstfreier Raum.«

Raus damit!

»Ich meine, ich hab mir ja noch nie vorgestellt mal was mit

einem Mann zu haben. Ich hab mir das nicht mal versucht vorzustellen. Also, nicht einmal annähernd«, beteuerte er, während Reza sein Ohr wieder an das Handy presste.

»Das ist nicht so wichtig. Manche Dinge geschehen einfach. ... Manchmal«, sagte ich und wartete gespannt auf den Rest der Geschichte.

»Nee, also bei mir geschehen Dinge nicht so einfach. Bei mir ja nun wirklich nicht!«

»Ist denn nun noch was geschehen?«, fragte ich beinahe quengelnd.

»Ja, ich glaube, er hatte sich auch ein Ei eingeklemmt.«

»Wie kommst du darauf?«

»Weil er sein Teil auch gerichtet hat. Danach kam er so ganz nah ran. Er hat mich am Hals geküsst und plötzlich hatte ich sein ... Ding im Mund?«

»Plötzlich im Mund?«, fragte ich.

»Skandalös!«, empörte sich Reza so leise es ihm möglich war.

»Nun, erst war es umgekehrt«, sagte Yassine etwas zögerlich.

»Also doch nicht so plötzlich?«

»Ich hab ihm gleich gesagt, dass ich nicht auf Männer stehe und so!«

»Aber er hat's trotzdem gemacht?«

»Ja.«

»Was genau hat er gemacht?«

Reza ließ seine hohle Faust vor dem Mund vor und zurück schnellen.

»Irgendwie hat er mich geküsst«, gab Yassine durch.

»Und dann kam das Plötzlich?«

»Nein. Er hat mich gefragt, ob ich was dagegen hätte.«

»Hattest du nicht?«

»Doch. Ich küss keine Typen!«

Reza verdrehte seine Augen, zeigte mir einen Vogel und sprang zurück auf seinen Stuhl. »Ab hier wird's lächerlich«, sagte er und räumte unseren kleinen Tisch frei, weil das Essen im Anmarsch war.

»Yassine, ich komme ein wenig durcheinander. Ei eingeklemmt, alles gerichtet, dann geküsst, und dann habt ihr ...«

»Ich weiß auch nicht. Irgendwie so«, bestätigte der Algerier. »Ey, weißt du, dass das in manchen Ländern verboten ist? Dafür kann man in den Knast gehen!«

»Nicht in Europa«, entkräftete ich seinen Einwand. »Ich will auch gar nicht lang darauf herumkauen.«

»Er aber!«

»Was?«

»Na kauen? Er hat mir einen gekaut.«

Igitt! »Dir einen gekaut?«

Kichernd hob Reza die Hand vor den Mund, und ich blickte entschuldigend dem erröteten Kellner ins Gesicht.

»Aber der Hund hat uns irgendwann gestört. Ganz zum Schluss. Ich hab mich voll erschrocken, weil ich auf einmal was kaltes, nasses am Hintern hatte.«

An dieser Stelle fragte ich mich, wie der Hund zwischen Yassine und den Stein, auf dem er saß gekommen sein mochte.

»Danach bin ich gleich wieder losgegangen. War ja schließlich bei der Arbeit. Ich hab ihm auch gesagt, dass ich nicht auf Männer stehe, oder so was. Er hat's geschluckt.«

»Was hat er geschluckt?«

Ein entsetztes »Geschluckt? Na, das sagt doch alles. Heten sind alle leichtsinnig«, kam mir von vis-a-vis entgegen, und der Kellner beeilte sich, alles, was die dreiundfünfzig beinhaltete auf dem Tisch abzusetzen und an den Tresen zurück zu taumeln.

»Na, dass ich nicht auf Männer stehe hat er geschluckt«,

fuhr Yassine fort.

»Ach so.«

»Er übrigens auch nicht.«

»Woher weißt du das?«

»Hat er mir gesagt. Er war ganz locker danach und meinte, dass er so etwas noch nie gemacht hätte. Ich ja auch nicht. Ich glaub ihm das auch. Also, der war echt ganz cool beim Unterhalten und so. Am Ende ist er locker mit seinem Hund weiter gegangen«, schloss er seinen Bericht ab und schwieg, als wartete er auf etwas Bestimmtes.

Ich sortierte meine Gedanken und grübelte nach der richtigen Antwort. »Es ist nicht weiter schlimm, Yassine. Du kannst es getrost wieder vergessen. Buche es auf das Konto deiner Lebenserfahrung. Und tu dir selbst einen Gefallen. Sprich nicht unbedingt darüber. Nicht mit Morris«, warf ich aus und hoffte, in seinem Sinne geantwortet zu haben.

»Ich kann es aber nicht so einfach vergessen«, brachte Yassine vor.

Wenigstens kommst du immer zum Schuss, ähm Punkt. »Oh! Dann sollten wir später noch einmal darüber sprechen.«

»Warum?«, wollte er von mir wissen.

Die ehrliche Antwort hätte geheißen: Weil ich keine Ahnung habe, was ich dazu sagen soll. Ich muss bei Reza recherchieren. Ich sagte allerdings: »Weil ich hier in der Öffentlichkeit sitze. Zuhören ist immer ganz okay, aber wenn ich dir jetzt einen Tipp gebe, dann kriegen die Leute rund herum alles mit. Immerhin habe ich deinen Namen auch schon ein paar Mal gesagt. Du weißt, wie schnell Gerüchte entstehen, und du bist der Einzige, der in dieser Stadt deinen Namen trägt, fürchte ich. Also lieber später.«

»Ja, Datenschutz«, stimmte der Polizist zu. »Wann kann ich dich anrufen?«

»Ist dringen, oder?«

»Ja, na ja«

»Hier mein Vorschlag: Ich bin in einer Stunde im Büro. Dort kannst du mich anrufen. Dann sag ich dir was dazu. Vorab erstmal: Du brauchst dir wirklich keine Gedanken zu machen. Egal, ob du es gut gefunden hast oder nicht, es war eine einmalige Sache, denke ich. Das passiert und bringt dich für ein paar Tage durcheinander. Ist ja auch kein Wunder. Schließlich wirft es einige Dinge einfach um, die du dir nicht einmal annähernd versucht hast vorzustellen«, betonte ich paraphrasierend. »Ich denke, du solltest es so betrachten, dass sich deine Gedanken wieder legen werden, wenn erst einmal ein paar Tage vergangen sind. Ruf mich in einer Stunde wieder an. Dann gebe ich dir ein paar Tipps durch, die es dir erleichtern damit umzugehen. Bis dahin, wie gesagt, verbuchen auf dem Konto Lebenserfahrung.«

»Erleichterung unter Freunden vielleicht?«, schlug er vor.

»Oder so.«

»Gut. Du hast soeben dreißig Euro verdient, Milva. Ach, und weißt du was?«

»Na?«

»Er hatte eine echt hammer Uhr. Von *Longines* mit Edel-stahlglied-Armband. Ich glaube, die hat mich ein bisschen angemacht.«

Mit diesem Satz legte Yassine auf, und ich blickte auf einen Berg Essen für vier Personen.

Es schien mir schier unmöglich, all das mit Reza in maximal dreißig Minuten zu verdrücken. Mehr Zeit blieb nicht. Eine weitere halbe Stunde brauchte ich nämlich bis zu mir nach Hause.

Reza hatte mit dem Verputzen bereits angefangen und kaute auf einer gebackenen Auberginenscheibe herum.

»Na? Da hat sich wohl eine Hete am Schwulenstrand verirrt«, grinste er mit vollem Mund.

»Sieht so aus«, antwortete ich in Gedanken vertieft.

»Tja!«, zwitscherte mein Gegenüber, als er geschluckt hatte. »So ist das, nicht wahr?«

»Was ist wie?«

»Seit uns keiner mehr verpönt und die Medien ihren Teil dazu beitragen, finden immer mehr Männer ihren Weg in die körperlichen Freuden der unkomplizierten Art.« Zufrieden senkte Reza sein Kinn.

»Unkompliziert? Ich finde es eher kompliziert, wenn ich ehrlich bin.«

»Wirklich? Das kommt daher, dass dein Gehirn darauf ausgerichtet ist, kompliziert zu denken, Milva.«

»Hmm?« Ich versuchte mir ein Stück gegrilltes Fleisch zu angeln, um es in das Hummus zu tunken.

»Schau mal«, setzte Reza erläuternd an. »Er hatte ein wenig Spaß und wollte sich bei dir die Absolution für eine Sache holen, die er nicht versteht und für die ihm eigentlich niemand eine erteilen kann, außer seiner evolutorischen Bestimmung. Die allerdings kann er schlecht befragen.«

»Du meinst, sein Trieb rechtfertigt, dass er plötzlich gegen seine Gepflogenheiten gehandelt hat?«

»Ja, aber den könnte er auch nicht direkt befragen. Deshalb hat er angerufen und dich darum gebeten es abzutun.«

»Hat er ja gar nicht.«

»Doch, hat er schon. Denke ich zumindest. Was hat er zum Schluss gesagt?«

Ich nahm mir ein weiteres Stück Fleisch. Das Essen war köstlich. »Er fand die Uhr des anderen geil.«

Mit hochgezogenen Augenbrauen ließ Reza von seiner Theorie ab und legte seine Gabel auf den Teller.

»Davor hat er gesagt, es sei so etwas wie Erleichterung unter Freunden gewesen.«

»Ah!« Er griff wieder auf. »Sie sind doch gar nicht befreundet. So erklären sich Heten das häufig.«

»Woher willst du das so genau wissen?«, diskutierte ich.

»Weil ich bereits die eine oder andere Hete geknackt habe!«

»Ehrlich?«

»Wenn ich es dir doch sage«, gab er eifrig nickend zurück.

»Sie alle haben es läppisch abgetan, um besser damit leben zu können. Blöd, dass sie eine Erklärung dafür brauchen, oder?«

»Wieso? Wenn es ihnen hilft?«

»Es ist aber eigentlich viel einfacher.«

»Wie einfach?«

»Ganz einfach: Man sieht sich, man weiß, was man will, man tut es, und dann geht man auseinander und verliert kein Wort mehr darüber.«

»Du verlierst immer ein Wort darüber«, widersprach ich. »Genau genommen sogar sehr viele, so, wie du immer schwärmst, wenn du einen One-Night-Stand hattest. Das Heterosexuelle dabei waren, hast du allerdings nicht erwähnt.«

Er rollte mit den Augen. »Das ist etwas anderes!«

»Warum ist das was anderes?«

»Weil ich dein Freund bin und deshalb auch zu genauer Berichterstattung verpflichtet bin.«

»Details zu verschweigen nennst du also genaue Berichterstattung. Manchmal hätte ich lieber diese statt anderer Detail hören wollen, um ehrlich zu sein.«

»Bisher hast du mich nie gebeten, meine Berichte umzustellen.«

Ich fasste mir an den Kopf und überlegte, was ich Yassine später auftischen sollte. Vielleicht betete ich ihm einfach noch einmal vor, dass es nicht so schlimm gewesen sei, um ihm dann einen Plan zu entwerfen, die von ihm gesuchte »Richtige« zu finden. Kurz darauf kam ich auf einen anderen Gedanken: Ich wunderte mich darüber, dass mein Algerier sich, nachdem er sich mitteilen konnte, so einfach mit meiner Antwort begnügt hatte, um die X-Akte ungelöst zu schließen.

»Nimm zum Beispiel mal den Geschäftsführer, von dem ich dir vor Kurzem erzählt habe, Milva.«

Ich scannte mein Gedächtnis eine Weile, und Reza musste mir auf die Sprünge helfen: »Na, der, dem ich beim Sex die Heckscheibe aus dem Auto getreten habe.«

Das war der Zeitpunkt, an dem ich mit Sicherheit »Ach der!« antworten konnte.

»Dem ging es ganz genau so. Er hat mir bei den ersten Treffen in meiner Wohnung etwas Ähnliches zur Entschuldigung gesagt. Und das mit einem echten Hammer in der Hose, schon bevor ich die Tür geöffnet hatte.«

»Warte. Hatte er nicht behauptet, dass du so weibliche Züge hättest, dass er dachte, du seiest eine Frau?«

Mit einem in Frage stellenden Blick und beiden Händen lenkte Reza auf seine körperliche Erscheinung. Er ist ein kompakt gebauter, südländischer Mann mit markantem Gesicht und gepflegtem, maskulinem Aussehen. »Sehe ich aus wie eine Frau?«

»Nein. Eher, wie ein steiler Zahn urmännlichen Geschlechts«, nahm ich ihn ein wenig hoch ohne zu lügen.

»Eben!«

»Meine Güte«, wechselte ich das Thema wieder auf meinen Algerier zurück. »Dass Schwule so schnell bei der Sache sind, bin ich ja gewohnt. Aber nun auch noch Heten? Es scheint neuerdings etwas besonders Anregendes im Grundwasser zu sein? Yassine ist nicht der erste.«

»Nein, Milva. Du verlässt den richtigen Weg wie Rotkäppchen. Es geht dabei nicht darum, ob ein Mann schwul ist oder heterosexuell. Sie tun es ja beide gleichermaßen.«

»Ja?«, fragte ich verwundert und kassierte dafür einen Blick, als sei ich neuerdings unglaubwürdig. Tatsächlich fühlte ich mich unwissend.

»Dein Polizist hat dir gerade nichts anderes erzählt. Und was glaubst du wohl, wohin sein Kollege plötzlich verschwunden ist?«

»Vielleicht ins Gebüsch, um Pipi zu machen?«

»Für eine halbe Stunde oder länger?« Reza schob Luft durch die Nase. »Ganz sicher nicht! Sie tun es, weil sich die Gelegenheit ergibt. Und sie tun es, weil sie Männer sind. So wie ich, so wie mein neuer Nachbar, so wie alle anderen auch. Wenn es nach den Männern ginge, dann würden sie mit den Frauen dasselbe tun. Loslegen und weiter ziehen. Und wer weiß, ob Frauen nicht auch die Gelegenheit nutzen, die sich ihnen bietet?«

»Gelegenheit macht offenbar Liebe. Was ist mit Familienplanung?«

»Die gibt es auch. Dann ist ein Mann daran interessiert, sich nieder zu lassen. In der Regel bricht er allerdings nach ein paar Jahren wieder aus. Nur, weil er einmal den Treueschwur geleistet hat, heißt das nicht, dass er nicht auch noch was anderes in sein Interessenfeld mit einbezieht, als die soziale Absicherung von Frau und Kind. Und da liegt der Hund begraben. Und es ist ein anderer, als bei Frauen wie dir, wenn ihr euch eine Affäre sucht.«

»Ich habe kein Verhältnis.«

»Warum eigentlich nicht?«

»Weil ich ... Das ist hier nicht das Thema. Wobei ich sagen muss, dass heterosexuelle Männer offenbar dazu neigen ein erleichterndes Treffen mit einer Affäre zu verwechseln.« Erstaunt über diese Erkenntnis schob ich mir ein gefülltes Weinblatt in den Mund.

»Manche steuern auf Wiederholungen zu. Einmal ist keinmal, aber aus zweimal wird schnell mehr. Nach dem dritten Mal wird es automatisch emotional. Deshalb heißt es ja auch One-Night-Stand. Einmal und nie wieder oder ausreichend Platz dazwischen. Aber alle bekommen vorgelebt, dass eine funktionierende Bilderbuchbeziehung notwendig ist, um gesellschaftlich anerkannt zu sein und genügend Raum für ausreichend Selbstachtung zu schaffen. Ein moralisches Feigenblatt, wenn du mich fragst.«

»Heteronormative Erziehung«, warf ich ein und schnappte mir ein ölgetränktes Gemüsestück.

»Richtig. Nach außen hin folgen alle dem konservativen Ruf der Gesellschaft. Aber die Gesellschaft ist ja kein Uhrwerk, dass fein abgestimmt einfach tickt und sauber funktioniert. Dann hätten wir Frieden auf der Welt. Die Gesellschaft setzt sich zusammen aus den Erwartungen aller, den guten und den schlechten. Aber im Grunde wird unter der Oberfläche viel getrieben. Mal dies und mal das. Die einen sprechen darüber und werden dann verachtet, und die anderen schweigen und schwimmen im Strom, solange sie nicht Gefahr laufen sich das Genick zu brechen. Ich finde beides blöde. Am Ende stehen alle da und sagen: Jeder so, wie's ihm gefällt. Und warum? Weil darin der Schlüssel liegt, der Kavaliersdelikte rechtfertigt. Meistens jedenfalls. Dabei wäre es doch so einfach, eben dies nicht so laut zu betonen und einfach zu machen, solange niemand vergisst, wen er wie sehr womit verletzt.«

»Dann wäre es aus mit dem Frieden, weil doch alle Single wären und frustriert. Darauf steuern wir doch zu, dass sich immer weniger Leute festlegen wollen.« Ich hielt ein Chicoree-Blatt auf meiner Gabel in die Luft, um meinen Zwischenruf zu untermauern.

»Noch blöder! Denn eigentlich kann doch niemand einen natürlichen Vorgang verhindern. Es sei denn, er wählt einmal einen Partner aus und begibt sich dann hinter Schloss und Riegel. Denn er steht ja im Grunde ständig unter Beschuss und muss andauernd abwägen, ob er seinen Partner betrügen will oder nicht. Das passiert in der Disco ebenso, wie beim Einkaufen.«

»Sie sollten ihren Partner nicht betrügen«, sagte ich kauend.

»Nein. Aber sie sollten einfach für sich heraus finden, dass die Dinge ihren eigenen Lauf haben. Und vor allem stellt sich doch die Frage: Ist die gemeinsam verbrachte Nacht, ein Quicky oder bereits ein harmloser Kuss der Betrug?«

Reza machte eine kurze Sprechpause. »Alltagstaugliche soziale Kontakte sind die, die dauerhaft und trieblos sind. Alles andere hat mit Sexualität zu tun oder bleib ein sporadischer Kontakt. Es gibt eine klare Linie zwischen dem, was uns anmacht und dem, was uns einfach nur sympathisch ist. Wenn sich alle darüber klar werden würden, dann gäbe es weniger Probleme. Wenn aber alle darüber sprächen, dann gäbe es Sodom und Gomorra.«

»Schwierig«, betonte ich und warf einen Blick auf die Uhr. Ich war spät dran. Zwar hatte ich noch keinen Schimmer, was ich Yassine in etwa einer halben Stunde sagen sollte, aber ich hatte gerade ganz andere Sorgen. Nämlich, wie ich Reza beibringen sollte, dass er diesen Berg Essen allein vertilgen sollte.

Ich entschied mich für die kurze und schmerzlose Variante: »Sei mir nicht böse, Reza, aber ich kann nicht mehr, und ich muss los!«

Im selben Moment kam der Kellner zu uns und fragte ob alles zu unserer Zufriedenheit sei und ob wir noch ein Dessert bestellen wollen würden.

Ich verneinte vehement: »Auf gar keinen Fall. Wenn wir jetzt noch Baklava bestellen, dann nehme ich ungewollt zu und dann kriegt mein Hintern eine eigene Postleitzahl! Danke, nein. Machen sie ihm bitte die Rechnung fertig.«

»Ich kleb dir dann die Briefmarke auf den Po«, kicherte Reza, und ich verschwand mit einem Luftkuss.

Wir waren nie wieder bei diesem Libanesen, weil Reza einhundertzwanzig Euro für unser Essen bezahlen musste. Zugegeben, es war zwar exzellent und es hätte locker für vier Personen gereicht, allerdings rechne ich immer so: Ein Essen addiert mit dem Preis, den Rest entscheidet dann das Gefühl. Mein Gefühl sagte, dass unter dem Strich ein dickes *Zu viel!* dabei herauskam. Ich hetzte mich ab, um rechtzeitig nach Hause zu kommen, schaffte es sogar, allerdings rief mich Yassine nicht mehr an.

Ein paar Wochen später kam ich in eine allgemeine Verkehrskontrolle und der hübsche Polizist, der meine Papiere checkte, blickte zunächst auf meinen Führerschein, gab ihn mir zurück, grinste mich dann an und sagte: »Das war's auch schon. Schöne Uhr haben Sie übrigens. Ist das eine Damen-Astronauten-Uhr von *Fortis*? Die kosten richtig was, oder?«
Ich nickte einfach und er wünschte mir zwinkernd eine gute Weiterfahrt.
Ralph hat mir diese Uhr geschenkt. Bis zu diesem Tag trug ich sie bloß aus Anstand, denn eigentlich fand ich sie viel zu technisch, wenig weiblich. Und sie hatte bisher keinen kostspieligen Eindruck gemacht. Nach dieser Verkehrskontrolle trug ich sie allerdings mit wachsendem Stolz.
Ich bügelte danach sogar Ralphs Unterhosen als Zeichen meiner Anerkennung.

Kapitel Vier
Der ideale Gatte

Es vergingen wieder einige Wochen, bis Reza mich überraschend anrief und mir berichtete, er habe eine Karte fürs
Theater übrig. Seine Verabredung hatte ihm spontan ab-
gesagt, und nun brauchte er eine Abendbegleitung für das
Lustspielhaus.

Sein Anruf kam mir sehr gelegen. Mein Mann war wenige Minuten zuvor erst nach Hause gekommen und hatte
schlechte Laune mit zur Tür herein gebracht, seine Tasche
in den Flur und mir eine Unfreundlichkeit an den Kopf geworfen.

Wir hatten begonnen zu streiten. Weil Reza auf meinem
Sorgentelefon anrief, hatte ich den Streit unterbrochen und
war rangegangen. Während ich also telefonierte betrachtete
ich meinen Mann, der vor mir in der Tür stand und an seiner
Krawatte zerrte. Das Licht, dass ihn dabei aus dem Flur be-
schien warf seinen Schatten vor mir auf den Teppichboden.
Er sah aus wie der Schatten eines sitzenden Ochsen, und
ich stellte mir ein Muhen dazu vor, während ich mit Reza
abmachte, dass er mich zwei Stunden später abholen sollte.

Als das Telefonat beendet war, tippte ich auf die rote Taste
meines Telefons, lief durch die Tür, schubste meinen Mann
zur Seite und sagte: »Ich gehe heute Abend ins Theater!«

Damit war das letzte Wort gesprochen. Der Streit war beendet.

Vom Badezimmer aus drehte ich mich noch einmal zu
Ralph herum und funkelte ihn an, um zu untermauern, dass
ich keinen Wert darauf legte, den heutigen Abend mit ihm
zu verbringen, wohl aber von ihm erwartete, dass er mich
zumindest fragte, welches Stück ich mir ansehen würde,

und vor allem mit wem. Immerhin konnte es eine Verabredung mit dem Postboten im Swinger-Club sein. Vielleicht würde ich ihm das auch an den Kopf werfen, wenn er sich nicht dazu durchrang, sich für die schlechte Laune beim Hereinkommen zu entschuldigen und Interesse an meinen Aktivitäten zu zeigen. Es kam allerdings besser: Er zeigte Interesse, und ich bekam trotzdem Gelegenheit dazu, ihm eine zu geigen.

»Was seht ihr euch an?«, fragte er und faltete seine Krawatte säuberlich zwischen den Fingern zusammen.

»Woher willst du wissen, dass ich nicht allein gehe?«

»Weil du eben mit Reza telefoniert hast und du nie allein ins Theater gehst.«

»Wie bitte, was? Willst du damit sagen, dass ich kein kultivierter Mensch bin?« Ein empörender Vorwurf, den ich nicht auf mir sitzen lassen konnte.

»Nun«, sagte er und legte seine Krawatte in ein Fach in der Garderobe. »Das habe ich eigentlich nicht gemeint.«

»Aha! Du hast also etwas gemeint, mir etwas damit sagen wollen. Und was, mein lieber Ehegatte, ist das wohl?« Ich machte mich darauf gefasst, eine neue Unverfrorenheit zu empfangen und wischte mir dabei hektisch eine Strähne aus dem Gesicht.

»Ich hab doch nur gefragt, was ihr sehen wollt«, begann er sich zu rechtfertigen.

»Du hast aber auch gesagt, ich würde allein nicht auf die Idee kommen, ins Theater zu gehen.«

»Das stimmt doch gar nicht!«

»Jetzt stellst du mich auch noch als Lügnerin hin. Du bist unmöglich, Ralph, weißt du das?«

Er blieb ruhig und grinste abtuend. »Und du bist hysterisch. Ich werde dich nie wieder fragen, was du dir im Theater ansehen willst.«

Das setzte dem ganzen wirklich die Krone auf! Erst war ich unkultiviert, dann eine Lügnerin, eine hysterische drauf zu und zu guter Letzt bekundet er mit Hohn, dass er so wie so kein Interesse an meinem Leben hat und auch nicht beabsichtigt, das zukünftig zu ändern. Ich stellte mich in den Türrahmen des Badezimmers, stemmte einen Arm in meine Hüfte und mit der anderen Hand zog ich die Türklinke an mich heran, um ihm Folgendes mit kräftiger Bestimmtheit zu sagen: »Sag mal, hast du Lack gesoffen? Du kommst hier rein und verbreitest schlechte Laune und wagst es dann auch noch, so mit mir zu reden? Dazu fällt mir wenig ein!«

»Das sehe ich anders«, entgegnete er grinsend.

»Sag mal, macht dir das auch noch Spaß?« Zeit für mich verbal zuzuschlagen: »Ich sage dir mal was: Du riechst wie ein Iltis, weil du den ganzen Tag Kaffee getrunken hast und außerdem sieht dein Schatten aus, wie der eines Ochsen!« Damit knallte ich die Badezimmertür zu und wartete ab, ob er noch etwas hinterher schob.

»Wie heißt denn nun das Stück, was ihr euch anseht? Sagst du es mir oder soll ich unwissend oben duschen gehen, damit ich nicht mehr so rieche wie ein Nagetier?«

Na warte, dachte ich, *mach dich jetzt auch noch über mich lustig.*

Ich riss die Tür noch einmal auf. »Ein Iltis ist kein Nagetier, du Vollidiot! Und das Stück heißt: Der ideale Gatte.« Damit ließ ich die Tür krachen und drehte den Schlüssel herum.

Frustriert duschte ich mich und erkannte den Grund für meine aufbrausende Haltung. Ich stand kurz vor der monatlichen Abrechnung mit dem weiblichen Zyklus. Eine halbe Stunde später fegte ich mit einem Turban auf dem Kopf wieder aus dem Badezimmer heraus. Wir trafen uns im Schlafzimmer vor dem Spiegel. Ralph hatte in der Zwischenzeit in der unteren Etage geduscht und verströmte einen noch schlimmeren Geruch, als zuvor. Er trug ein Parfüm, dass ihm ein Freund geschenkt hatte, den ich nicht mochte. Ich stellte mich neben ihn und kramte unentschlossen in meinen Kleiderbügeln herum. In meinem Schrank wimmelte es von Strickjacken und Überwürfen, aber ein gescheites Abendkleid hatte ich nicht. Ich probierte mehrere Garderoben hintereinander aus. Je mehr Zeit dabei verging, desto eher hatte ich allerdings den Eindruck, als würden meine Kleidungsstücke etwas gegen mich persönlich haben.

»Meine Klamotten sind wie Schwerverbrecher! Ich hab den ganzen Schrank voller Schwerverbrecher«, schimpfte ich und stopfte alles wieder in den Schrank hinein. Als ich die Spiegeltür zuschlug, klappte ich das blöde Grinsen meines Mannes vor mein Gesicht.

»Was? Warum siehst du mich so an?«

»Du bist ja vollkommen aus dem Häuschen. Es ist doch nur ein Theaterbesuch«, sagte er und zog sich einen Kamm durch die Haare.

»Ist doch nur ein Theaterbesuch«, äffte ich ihn ungnädig nach. »Alle meine Kleidungsstücke vollbringen regelmäßig Verbrechen an mir. Ich habe nichts zum Anziehen.«

»Nichts zum anziehen?«, fragte mich Ralph ungläubig und deutete auf zwei Stapel Klamotten, die sich in den letzten Monaten neben dem Schrank aufgetürmt hatten. An einigen dieser Kleidungsstücke hing sogar noch das Preisschild. Aber auch sie passten nicht zu dem heutigen Anlass, dessen war ich mir sicher.

»Ja, du hast gut reden!«, moserte ich betroffen. »Ihr Männer zieht ja einfach irgendetwas aus dem Schrank und es sieht dann zufällig gut an euch aus. Das ist bei Frauen etwas völlig Anderes, das kannst du mir glauben. Das ist genetisch festgelegt!« Bedient zog ich die Schranktür noch einmal auf, in der Hoffnung, es wäre in der Zwischenzeit das passende Kleidungsstück darin hinzu gekommen. War es aber nicht, und ich warf die Tür wieder zu. Vor mir im Spiegel machte sich mein Ehemann noch immer sichtlich über mich lustig.

Dann kam ein Friedensangebot: »Zieh das Paillettenkleid an. Das ist doch sehr hübsch.«

Ich erinnerte mich daran, dass es wirklich ganz hübsch war und überlegte, ob es sich noch in der Reinigung oder in den Tiefen meines Schrankes befand. Mein Gesicht wollte ich allerdings nicht verlieren, also winkte ich ab. »Pailletten hat man in den 90ern getragen. Ich bitte dich, wir sind im nächsten Jahrhundert angekommen. Auch wenn du es vorziehst dich klassisch zu kleiden. Auch das geht nur bei Männern.«

»Du hast es doch aber erst vor Kurzem bei dem Geschäftsessen mit meinen Vertriebsleitern getragen«, entgegnete mein lieber Gatte und knöpfte sich die Manschetten zu.

»Ein Grund mehr, es nicht noch einmal an zu ziehen. Die Leute denken sonst, wir wären arme Leute und ich hätte nur dieses eine Kleid.«

Mit einem sparsamen Blick zog Ralph meinen Schrank auf und fischte zielstrebig fünf Stoffsensationen heraus, die mich zu einer Doris Day gemacht hätten. Sie waren extravagant, schick und vor allem allesamt noch nagelneu.

Missmutig gab ich nach und nahm eines entgegen, um es unter mein Kinn zu halten und Bewegungsproben am Spiegel zu machen. Man riskiert in keinem Fall, dass ein Kleid eine unvorteilhafte Falte wirft. Dies hier passte perfekt und die Tatsache allein stimmte mich Ralph gegenüber günstiger. Ich schlug die Augen klimpernd auf und kam nicht umhin einzusehen, dass ich einen Prachtmann hatte. Eigentlich ist er auch ein idealer Gatte. Er verdient gutes Geld, weiß, in welchen Kleidern ich gut aussehe und sieht selbst auch blendend aus. Er ist gesellschaftstauglich und einer der letzten Gentlemen, die sich Seidenschals umhängten und auf aufwändige Mode verzichten. Der einzige Nachteil: Seine Sekretärin sieht ihn öfter als ich ihn zu Gesicht bekomme, und sie telefoniert darum öfter mit mir, als ich mit ihm.

Ich würdigte seine Garderobe und fragte ihn, wohin es ihn denn heute Abend trieb. Mit seiner Antwort verflog der kurze Harmoniezauber allerdings aus unserem Schlafzimmer, und ich glaube, er verließ sogar den Planeten.

Er sagte: »Ich weiß nicht, ob dich das wirklich interessiert.«

Den prämenstrualen Impuls ihn umzunieten unterdrückte ich mit einiger Anstrengung. »Warum sollte mich das denn bitte nicht interessieren? Du siehst jedenfalls nicht aus, als würdest du heute Abend Weinbergschnecken sammeln wollen.«

Er drehte seinen Kopf in meine Richtung und antwortete: »Aber vielleicht werde ich heute Abend Weinbergschnecken essen. Ich treffe Frank.«

»Frank Specht?« Mir fiel alles aus dem Gesicht. »Dass du mit Menschen wie ihm überhaupt Umgang pflegst ist mir ein Rätsel.«

»Er ist mein Freund.«

»Und er ist ein Vollidiot. Er redet Schwachsinn. Er ist taktlos und anmaßend.«

Frank hatte einmal etwas wenig hanseatisches über meinen Busen gesagt, das Frauen im Allgemeinen nicht besonders gern hören. »Der isst Schnecken? Igitt. Das passt zu ihm. Er ist genau so schlüpfrig, wie sie. Ich mag ihn nicht.«

»Das weiß ich«, entgegnete Ralph knapp. »Deshalb wollte ich es dir auch nicht sagen. Übrigens esse ich auch gern Schnecken.« Er zog seine Manschetten glatt und prüfte dann sein Profil im Spiegel.

»Ich dachte, ihr habt euch vor Kurzem erst gestritten und würdet deshalb nicht mehr miteinander reden.«

Ralph stockte einen Moment, lächelte mich dann durch den Spiegel an und sagte: »Doch wir reden wieder miteinander. Männer sind da nicht so kompliziert, wie Frauen. Wir sind mitunter unversöhnlich, wenn wir einen guten Grund dazu haben. Aber wir sind nicht nachtragen, schon gar nicht, wenn es Bier zum Anstoßen gibt.«

»Frauen sind nicht nachtragend. Sie wissen nur sehr gut, wer ihre Feinde sind.«

»Jede Frau ist für die andere eine potentielle Feindin«, bemerkte er trocken.

»Also, was redest du denn für einen Unsinn? Das würde ja bedeuten, dass Frauen keine Freundinnen werden können. Und jede Frau hat eine beste Freundin. Manche sogar mehrere.«

»Das ist ja das Übel. Ihr wechselt eure Freundinnen wie Slipeinlagen. Und du hast gar keine beste Freundin, weil du - mit Verlaub gesagt, Schatz - die ultimative Stute bist. Neben dir gibt es keine andere im Stall. Du redest nur immer von ihr, von Ulli. Dabei ist deine beste Freundin ein Mann.«

»Ulli sagt immer ab und geht um 19:00 Uhr ins Bett.« *So ein Flegel!* dachte ich. *Was geht ihn denn an, wie stutig ich bin oder sein will?*

Beleidigt lief ich in die Dampfschwaden hinein, die noch im Nachbarraum hingen. »Wo sind denn nur meine verdammten String-Slipeinlagen?«, rief ich und erhielt zur Antwort: »Kneifen String-Tangas nicht im Hintern? Ich finde die tierisch unpraktisch. Das sind Unterhosen mit Riechband, sagt Frank immer.«

Den Kopf aus einer Dampfwolke steckend schickte ich ihm einen abfälligen Blick. »Siehst du, Frank ist ein Schwein! Und ich kneif dir auch gleich in den Hintern.«

»Dazu wirst du nicht mehr kommen, weil ich nämlich jetzt weg bin«, sagte er leichthin und verließ das Schlafzimmer. Ich schaute ihm eilig hinterher und bemerkte: »Findest du nicht, dass dein Outfit etwas zu gerüscht ist für einen Ausflug mit Schneckenfrank? Außerdem riecht dein Parfüm wie ein Pflegeprodukt für Pferdesättel. Hat Frank dafür nicht mal eine gescheite Äußerung?«

Ralph ging die ersten Schritte die Treppe hinunter und rief mir zu. »Er hat es mir geschenkt.«

»Ja, weil er es selbst wahrscheinlich nicht besonders gern riechen mag. Wenn ich so etwas verschenke, dann will ich nicht einmal noch in die Nähe dessen kommen. Männer sind seltsam.«

Er kam noch einmal zurück nach oben und beugte seinen Oberkörper um die Ecke. »Wir kommen uns nicht so nahe, als dass er an mir riechen könnte, mein Schatz.«

»Das ihr euch überhaupt näher kommt, als zehn Meter, ist mir ein Rätsel. Ich würde einen Bogen um diesen Kerl machen«, warf ich zurück.

»Das tust du ja auch, und deshalb treffe ich mich allein mit ihm, und du gehst ins Theater.«

»Frank ist total unkultiviert, und wenn du weiter mit ihm rumhängst, wirst du genau so wie er!«

Sein Gesicht verschwand wieder hinter der Ecke und ich hörte ihn die Stufen nach unten nehmen. »Und du wirst langsam wie deine Mutter. Du redest schon wie sie.«

Das war der Todesstoß, obwohl wir schon auf dem Weg zurück in den Frieden gewesen waren. Ich riss mir das Handtuch aufbrausend vom Kopf und stapfte zur Treppe. Von oben aus nutzte ich die Gelegenheit, Ralph zu zeigen, dass ich keinesfalls unkultiviert war: »Alle Frauen werden wie ihre Mütter, mein Liebling. Das ist ihre Tragödie. Männer hingegen werden nicht wie sie, und das ist die ihre. Vor allem im Fall Frank Specht. Seine Mutter ist so eine liebenswerte Person. Sind sie wirklich miteinander verwandt?«

»Deshalb brauchen wir euch ja auch so sehr«, entgegnete mein Gatte, während er sich die Schuhe anzog, ohne auf meine letzte Frage einzugehen. »Die Frau ist die geistige Gefährtin des Mannes. Im öffentlichen, wie im privaten Leben. Ohne sie würden wir die wahren Ideale vergessen.«

Ich war plötzlich entzückt, das von ihm gesagt zu bekommen.

Mit einer galanten Bewegung zog er die Haustür auf. »Das ist übrigens ebenso von Oscar Wilde, wie dein Zitat und das Stück, dass du dir heute Abend ansehen wirst. Viel Spaß.«

Die Haustür fiel hinter Ralph zu, und mit ihr klappte auch meine hauchdünne Bewunderung für ihn zusammen. Er hatte bloß zitiert? Ich ja auch, aber nur weil zwei Leute dasselbe taten, war es noch lange nicht das Selbe!

»Ich hoffe, du verschluckst dich an deinen Schnecken«, warf ich bebend die leere Treppe hinunter und machte mich wieder auf die Suche nach meinen String-Slipeinlagen. Jedoch wurde ich kurz darauf von meiner Suche abgehalten, weil mein Sorgentelefon klingelte.

»Bitte jetzt doch nicht«, stöhnte ich und überlegte kurz, ob meine Hotline heute spontan geschlossen hatte, oder nicht. Dann kam das Verantwortungsgefühl in mein Gewissen und machte sich breit. Wenn jetzt jemand einen Streitplan für seine Beziehung brauchte, war ich gerade in der richtigen Stimmung dazu, in Windeseile einen zurecht zu zimmern. Ich wickelte mir den Bademantel fester um den Körper und ging ans Telefon.

»Hallo, hier ist Milva. Die Beratung für Verzweifelte, jetzt auch in den Abendstunden«, flötete ich.

»Milva, ...«, kam mir die Begrüßung durch das Telefon entgegen geflüstert. »...hier ist Olaf.«

Ich begrüßte ihn knapp und setzte mich auf meinen Berate-rinnensessel (einen samtbezogenen Ohrensessel für Frauen, die in den Mittdreißigern noch mal Geschmack und Pro-fessionalität beweisen wollen). Dann wühlte ich in meiner Kartei herum und legte die Kundenkarte auf den Tisch ne-ben mich. Zusätzlich holte ich mein Skatblatt hervor, weil Olaf von Zeit zu Zeit anrief, um sich die neuen Tendenzen von mir legen zu lassen. Er zahlte gut. Jedes Mal schob er hundert Euro auf mein Konto und begründete den Betrag darin, dass eine Fernsehhotline ihn wahrscheinlich dasselbe kostete und die Damen und Herren auf der anderen Seite ihm weniger Wahrheiten auftischen würden. Ich schaute auf die Karteikarte und plänkelte ein wenig mit Olaf herum. Auf der Kartei hatte ich mir notiert:

OLAF GASPRICKY, * 06.10.1964/ UNTERNEHMER

- FÜHRT EIN MITTELSTÄNDISCHES
  UNTERNEHMEN
- KARTENKUNDE (NIE TRENNUNG
  ERWÄHNEN!)
- REDET VON BASEL II
  (HAB ICH NICHT VERSTANDEN!)
- SEHR KONTAKTFREUDIG,
  VIELSCHICHTIG INTERESSIERT
- IM BUND DER JUNGUNTERNEHMER
- NEIGT ZU ANZÜGLICHEN BEMERKUNGEN
- HÄNGT EINER ALTEN LIEBE NACH,
  WEISS SICH DIE ZEIT DURCH AUSGEPRÄGTE
  SEXUELLE AKTIVITÄT ZU VERSÜSSEN

»Na, Milva, dann misch schon mal die Karten, und schau nach ob die alte Scheune heute noch Feuer fängt«, raunte er und ich hörte sein schmutziges Grinsen durch das Telefon.

»Machen wir es wie immer: Ich mische, und du sagst Stopp«, entgegnete ich und klemmte mir mein Telefon unter das Kinn. Noch im selben Moment bereute ich meine Satzstellung.

»Ja, lass es uns machen, Milva.«

»Gut, ich beginne zu mischen«, überging ich mein Eigentor mit verdrehten Augen.

Irgendwann sagte er »Stopp« und dann: »Wollen wir mal sehen, wie fingerfertig du heute Abend bist.«

Ich überhörte seinen Unterton ein weiteres Mal und legte das Kartenblatt aus:

Acht Karten von links nach rechts, das ergibt vier Reihen. Ich konzentriere mich nie auf das gesamte Blatt. Ich schaue, wo der Herzkönig oder die Herzdame liegen, das sind die Hauptfiguren. Dann versuche ich mich an die Worte meiner Freundin Ulli zu erinnern. Manchmal wollen sie mir nicht wieder einfallen, aber einige Bedeutungen der Karten beherrsche ich ganz gut.

Was mich verblüffte, ist, dass bei Olaf immer die selbe Konstellation um ihn als Herzkönig liegt. Neben ihm liegt der Karokönig, immer. Das ist die Selbständigkeit und kann auch einen beruflichen Gönner anzeigen. Da er sich sein Gehalt praktisch selbst zahlt und mir immer davon berichtet, dass seine Buchhalterin der Höhe wegen immer neidvoll mit ihm schimpft, vereint die Karte beide Eigenschaften in seinem Blatt. Die Herzkönig schaut immer auf die Herz 10, die Ehe, die feste Partnerschaft.

Neben Olafs Ehe liegt immer das Pik Ass und das bedeutet: Trennung. Zumindest in der Kombination mit der Partnerschaftskarte, denn das Ass als eine gerichtliche Sache + Ehe = Trennung oder Scheidung. Er schaut folglich auf seine alte Liebe, die es nicht mehr gibt (davon hat er häufig berichtet), aber ich blende sie immer geschickt aus, weil er nichts davon hören will. Daher sage ich ihm frohlockend: »Du schaust die Liebe an, Olaf.«

»Ja, die sehe ich ständig an. Und weißt du was, Milva? Ich bin ja auch ständig verliebt.«

»Ja, das liegt auch immer in deinen Karten. Aber heute kommt etwas Neues hinzu. Ein Treffen mit einer gewissen Person, mit der du Flirt, Erotik und Abenteuer erlebst.«

Ich hatte vergessen zu erwähnen, dass in der Nähe der Partnerschaft immer auch die Kreuz 9 liegt, was Allgemein als Untreue zu deuten ist. Er hat seine Verflossene beschissen, um es auf deutsch zu sagen, und die Karten schienen ihm das noch übel zu nehmen. Ich schob sie und die Trennung beiseite und widmete mich der Neuerung unter der Herz 7 (Flirt, Erotik, Abenteuer). Unter ihm lagen sie und daneben zwei Personenkarten: die Karo-Dame (Kollegin oder platonische Freundin) und eine weitere, zu der ich gleich komme.

Ich kombinierte und interpretierte in seinem Sinne und log: »Olaf, die letzten Male lag nichts unter Flirt, Erotik, Abenteuer. Es lagen bisher immer nur Ereignisse oder Gefühle drum herum, erinnerst du dich?«

»Ja!«, bestätigte er. »Es war auch sehr abenteuerlich in letzter Zeit und du hast immer Recht behalten. Du solltest mal dabei sein, Schätzchen. Du verpasst was.«

O Olaf, dachte ich dumpf, *du Rakete*. »Diesmal liegt eine Person darunter. Die Erotik liegt also genau zwischen euch. Und du könntest dich dabei auch verlieben. Es ist also wahrscheinlich eine schicksalhafte Begegnung.«

»Ja? Wer ist es denn?«

»Die Karo Dame.«

»Und wer ist die Karo Dame?«

»Entweder eine Kollegin, ...«

»Ach was, Milva. Ich stecke meine Feder nicht in die Bürotinte. Das geht nach hinten los!«, protestierte er. »Außerdem ist die einzige Kollegin, die ich habe, meine Buchhalterin, und die ist so aufregend, wie Eis mit Knoblauch-Nuß-Geschmack«, spottete er.

»Es wird dann wohl eher zutreffen, wenn sie eine weibliche Person darstellt, die du bereits kennst. Jedenfalls ist sie bereits ganz in deiner Nähe und – das wird dich freuen – willig, sagt die Erotik-Karte.«

Ich log wie gedruckt. Die zweite Bedeutung der Karo Dame ist die, der platonischen Freundin. Sie beobachtete den Flirt, die Erotik oder das Abenteuer. Und unter der Dame lag der Kreuz Bube (Misslingen einer Angelegenheit oder eine Sache wird aktenkundig, kommt also raus.)

Ich biss mir auf den Daumennagel und überlegte mir, was ich ihm sagen sollte, denn zu dem, was dort stand, hätte ich in dem Moment doch gern meine Freundin Ulli angerufen.

»Olaf, mach dich auf was gefasst, denn die Liebe ist im Spiel. Und du wirst bald herausfinden, um wen es sich dabei handelt, denn die Sache kristallisiert sich schon bald heraus.«

»Wie bald?«, wollte er wissen.

»Sehr bald. Spätestens in den nächsten drei Tagen. Gibt es da jemanden?«

Er zögerte damit, mir zu mehr Informationen zu geben und sagte dann: »Möglicherweise. Ich hab da jemanden kennen gelernt. Im Internet.«

»Ach, deshalb«, lenkte ich flunkernd ein. »Hier liegen Pik und Kreuz 9 nebeneinander. Sie deuten an, dass du unentschlossen bist zwischen dem, was du gewohnt bist und etwas dass du dir wünschst. Kommt sicher daher, dass du diese Person noch gar nicht gesehen hast, und weil die persönliche Bindung fehlt, bist du unentschlossen. Bringen Blinddates so mit sich. Also, da kündigt sich eine aufregende Begegnung an, Olaf.«

»Na, dann fängt sie ja doch noch Feuer, die alte Scheune, was? Mein Stroh kokelt sozusagen schon. Und wenn sie erstmal brennt, dann lichterloh«, lachte er gellend.

»In diesem Fall ganz sicher«, bestätigte ich und hörte, wie er den Hörer auflegte.

Meinem Kenntnisstand nach, löste sich das Blatt wie in Wahrheit folgt: Direkt unter ihm lagen die Herz 7 und der Pik König = unbedachte Liebelei oder sexuelle Handlungen mit jemandem. Und zwar mit einem Mann. Eine Herzdame war nicht einmal in der Nähe, sondern schaute ganz am Rand aus dem Kartenblatt heraus, die Damen hielten sich also desinteressiert.

Der Pik-König war eingekesselt von Herz Bube (Jugend / Das liebste Kind / der kleine Bruder) und Kreuz Bube (Missgunst / Vorsicht!) und die Karo-Dame schaute sich das alles munter an.

Alles in allem konnte das nur eines bedeuten: Sexuelle Begegnung mit einem Mann.

Noch einer?! schoss es mir durch den Kopf, denn der Pik König ist in erster Linie der Nebenbuhler für den Herzkönig. Oder praktisch die schwule Herz Dame. Die Buben um ihn herum deuteten an, dass die verkleidete Herzdame jünger war als Olaf selbst und dass die Sache auffliegen würde. Und die voyeuristische Karo-Dame, eine weibliche Person des Vertrauens, würde es erfahren. Ich wischte durch die Karten und stapelte sie dann wieder zu einem Haufen. Auf der Karteikarte notierte ich mir:

HERZ 7 MIT PIK-KÖNIG, DIE SACHE KOMMT RAUS!

Dann grinste ich mein Skatblatt an und legte den Stift beiseite, weil ich mich für den Theaterbesuch fertig machen wollte. Ich schlüpfte in das weiße Kleid, dass mir Ralph heraus gesucht hatte, föhnte mir die Haare voluminös und trug dezentes Make-up auf. Ein wenig Glitzer hier, ein Hauch Rouge auf die Lippen, etwas Röte auf die Wangenknochen und dazu einen Aufsehen erregenden, weißen Sommermantel mit Seidenbesatz an Ärmeln und Kragen.

Als Reza mich zur Tür klingelte, zog ich gerade die Schnalle an meinen Stiefeln fest und steckte meine Monster-Sonnenbrille vorsichtig auf meine anatomisch korrekte Nase. Den letzten Schliff erhielt ich durch das aufwändig um den Kopf gebundene Frisur-schon-Seidentuch.

An der Straße wartet Reza bereits auf mich und zu meiner Freude hatte er sein Cabrio offen vorgefahren. Ein cremefarbener 69er Ford Mustang mit Ledersitzen.

»Doris Day«, rief er mir erfreut zu, als ich die Stufen zur Straße hinunterstöckelte.

»Rock Hudson«, antwortete ich kokett und warf ihm eine Kusshand zu. Dann kletterte ich umständlich in seinen Wagen und zog die Sonnenbrille ein Stück weit an meiner Nase herab. »Wir sehen aus, wie eine klassische Hollywood-Besetzung. Bestens geeignet fürs Theater«, lächelte ich begeistert.

»Ja, wie immer bist du die bessere Wahl, um auszugehen«, grinste er zurück.

Wir fuhren etwa eine viertel Stunde und parkten direkt vor dem Eingang des Theaters. Reza stieg pfeifend aus und hielt mir standesgemäß die Wagentür auf. Die Leute starrten uns an, und ich genoss unsere Inszenierung in vollen Zügen.

Als wir eingehakt das Theater betraten, sah ich eine Dame mit nachlässig gebundenen Haaren an einer Säule stehen. Natürlich wurde sie auf uns aufmerksam, blickte dann an sich und ihrem Begleiter hinab, einen ebenso nachlässigen Typen, der mal auf kulturell machen wollte, und rümpfte die Nase.

Ihr Blick schnellte zu uns zurück und hätte mir beinahe das Kopftuch herunter gerissen. Dann rammte sie ihrem Mann den Ellenbogen in die Seite.

»Siehst du? Wir sind vollkommen unterbekleidet!«, zischte sie hörbar, als wir näher kamen. Reza führte mich direkt an ihnen vorüber, und ich ließ meine Sonnenbrille ein zweites Mal von meiner Nase sinken, diesmal filmisch. Ich fing den missgünstigen Blick der Frau auf und flötete hanseatisch-affektiert: »Der ideale Gatte!?«

Reza zog mich weiter und raunte mir das dritte Zitat des Abends ins Ohr: »Den idealen Gatten gibt es nicht, meine Liebe. Der ideale Gatte bleibt ledig.«

Kapitel Fünf
Frontenwechsel

Beim Anblick der größten aller Wolken muss ich eingeschlafen sein. Vielleicht lag der Grund für meinen Müdig-
keitseinbruch an der Überdosis an Bachblüten. Immerhin
hat diese Lösung einen nicht überschmeckbaren Anteil an
Alkohol. Ich weiß es nicht genau.

Mein Kopf hing in den Gang hinein und die Flugbegleiterin
schob versehentlich ihren rollenden Saftwagen dagegen. Ich
schrak hoch, hielt mir die demolierte Stirn und wischte mir
ein wenig Speichel aus dem Mundwinkel.

Entschuldigend beugte sich die Flugbegleiterin zu mir herunter und reichte mir flugs einen Eiswürfel in einer Serviette.

»Das tut mir wirklich leid, bitte entschuldigen Sie. Hier ist
etwas zum Kühlen«, sagte sie und strich mir eifrig mit dem
eingewickelten Eiswürfel über die Stirn. Weil sich die Stewardess nach vorne lehnte, kippte die Kaffeekanne um. Ich
sah mich schon mit angehenden Verbrühungen aufspringen
und mir die Kleider vom Leib reißen. Das wäre nicht bloß
medizinisch notwendig gewesen, sondern hätte auch weitere böse Blicke von dem Vater hinter mir in freudig überraschte Glotzaugen verwandelt. Ich bin nackend nämlich
sehr hübsch anzusehen, wie ich finde. Statt aufzuspringen,
zuckte ich jedoch zusammen und hielt mir die Augen zu.
Auch der Stewardess entfleuchte so etwas wie ein Schrei,
doch glücklicherweise war die Kanne fest verschlossen. Ein
Hoch auf Sicherheitsvorkehrungen im Allgemeinen.

Sie lächelte noch einmal entschuldigend und fragte mich,
ob ich Kaffee oder Tee haben wolle, während sie ihr Ensem-
ble wieder korrekt hinstellte.

»Beides bitte«, atmete ich auf. »Den Kaffee schwarz und wenn's geht in einer Tasse. Was haben Sie an alkoholischen Getränken da?«

Den Blick, den ich von hinterwärts im Nacken spürte, ignorierte ich geflissentlich.

»Oh, auf kurzen Flügen haben wir bloß kleine Fläschchen mit alkoholhaltigen Getränken. Wir servieren sie nicht im Glas. Aber ich schau gerne eben nach.« Sie kniete sich vor ihren Schubtresen und zauberte eine Reihe kleiner Fläschchen aus dessen unteren Etagen.

»Wodka, Gin in zwei Sorten, Sekt und Martini«, zählte sie dabei fleißig auf.

»Martini? So klein? Gibt es dazu eine Mini-Olive?«

»Das hier ist Martini bianco, kein Dry Martini. Dazu bekommen sie ein viertel Zitronenscheibe.«

»Oh, die hätte ich auch gern.«

»Die Zitrone?«

Ich nickte. »Aber ohne Martini. Der, den Sie dort haben schmeckt immer wie Abwaschwasser oder Fußspray mit Limette, finden Sie nicht?«

»Och, ...«, lächelte die Flugbegleiterin befangen und reichte mir netterweise gleich zwei Stückchen Zitrone.

Neben uns stach ein Finger in die Luft. Der Erik-Verschnitt. Er kündigte an, er wolle auch gern einen Kaffee und so einen niedlichen kleinen Wodka. Die Stewardess wandte sich ihm lächelnd zu und bedeutete ihm, dass sie sich in wenigen Augenblicken um ihn kümmern würde.

Dreist, meine Bestellung zu unterbrechen!, befand ich. Immerhin hatte ich gerade eine plötzliche, unvorhersehbare und deshalb unabwendbare Begegnung mit dem Tresen gehabt, die unfreiwillig zu einer körperlichen Beschädigung hätte führen können, und es war noch vollkommen ungeklärt, ob ich eine Gehirnerschütterung davon tragen würde oder sogar innere Blutungen hatte. Vielleicht musste die Flugbegleiterin einen Sanitäter dazu rufen.

Als sich Eriks Abziehbild trotz meines missbilligenden Blickes über den Schubtresen hinweg noch einmal meldete, um mitzuteilen, dass er sich die Frage stellte, ob sie auch Bitterlemon in diesen kleinen Döschen hatten, denn das hätte er mal in einem anderen Flugzeug gesehen, fingen die ersten Symptome an, sich bemerkbar zu machen: Ich bekam spontanes Kopfweh.

»Bitterlemon hätte ich da, mein Herr«, lächelte die Safttresendame antrainiert. »Allerdings habe ich nur noch eine einzige Dose. Ich bin gleich bei Ihnen.«

Das war unglaublich. Kaum holte ein junger Kerl ein schönes Lächeln hervor, war das Unfallopfer Schnee von gestern. Ich entschied mich dazu, meine Bestellung auch noch einmal umzumodeln und vehement zu bekunden: »Oh, das ist eine fabelhafte Idee. Ich hätte so gern den Bitterlemon. Wissen Sie, das ist das einzige, was bei Kopfschmerzen hilft. Jedenfalls ist das bei mir so.« Ich rieb Mitleid erregend meine Stirn und stöhnte kränkelnd, so dass die Dame mir die kleine türkise Dose reichte und sich achselzuckend zum Erik-Menschen herum drehte.

Dieser schaute neidisch zu mir herüber.

Wer zuerst kommt, mahlt zuerst! Oder wie Reza immer sagt: Dein kleiner Arsch ist schnell geleckt!, führte ich meinen inneren Reichsparteitag durch. Ich konnte doch keinesfalls zulassen, dass er einen angenehmeren Flug hatte, als ich. Schon gar nicht angesichts der frappierenden Ähnlichkeit mit Erik. Wer wusste schon, ob sie nicht vielleicht Brüder waren. Blut ist nun einmal Blut! Die Mafia hat es uns vorgemacht. Außerdem ging es mir ja schlecht, weil sein Bruder daran schuld war. Und er hatte den Unfall mit dem Tresenwagen zugelassen. Ausgemachte Bosheit, denn er hätte mich immerhin auch vorsichtig antippen und vorwarnen können. Weil er es nicht getan hatte, bekam er jetzt auch sein Bitterlemon nicht.

Ich hielt mir die feuchte Serviette zum Kühlen an meine Stirn und versuchte mit der anderen Hand umständlich, meine Dose zu öffnen. Doch das kleine Ding war eiskalt und schlüpfrig. Die Metalllasche rutschte immer wieder unter meinen Nägeln weg.

Die Stewardess war inzwischen mit unserer Reihe fertig und hatte ihren Weg durch das Flugzeug fortgesetzt. Ich war fürs Erste zufrieden, denn Eriks Bruder hatte bloß einen Kaffee bekommen. Auf der Suche nach einem hilfreichen Instrument, um meine Dose zu öffnen, fiel mein Blick auf ein mich anstarrendes Augenpaar von nebenan: Schon wieder Eriks Bruder. *Wie aufdringlich!*

Ich sah, dass er im Hinterkopf die Frage wälzte, ob er mir helfen solle, oder nicht. Ich wollte seine Hilfe ohnehin nicht annehmen und ihn schon gar nicht danach fragen, also ließ ich das Döschen rechts neben mir verschwinden und drehte ihm meinen Rücken zu. Dann versteckte ich die Beute sicherheitshalber in meiner Handtasche. Neben mir am Fenster saß noch immer der regungslose Hut, jetzt allerdings mit Gesicht und zwar mit dem einer Dame. Sie beobachtete mich dabei, wie ich mit verstohlenem Blick den Reißverschluss meiner Tasche zu zog.

Mit Gesicht war das Hutstilleben, was man im allgemeinen als Dame bezeichnet. Noch nicht alt aber auch nicht mehr jung und mit einem gewissen Maß Schick.

»Sie sind wirklich zu drollig«, lachte sie plötzlich unter der Krempe hervor und tätschelte meine verbeulte Stirn.

»Oh Vorsicht. Besser nicht anfassen«, wies ich sie freundlich zurück und bemerkte, dass mein Tonfall trotzdem unangebracht war. Die Dame wollte mir nur helfen.

»Bitte entschuldigen Sie. Es pocht noch ganz schön«, lenkte ich ein und tippte vorsichtig gegen die Quelle meines Leidens.

»Dass das Personal hier aber auch nicht aufpassen kann«, schüttelte sie den Kopf. »Früher hätte es so etwas nicht gegeben. Das dürfen Sie mir glauben.«

»Ach, ich mache der Flugbegleitung gar keinen Vorwurf«, sagte ich und verzog meine Brauen so schmerzfrei wie es mir möglich war. »Jemand Gewisses hätte mich auch warnen können.«

»Oh.« Die Dame fasste sich betroffen auf das Dekolleté. »Ich hab sie wirklich nicht kommen sehen.«

»Nein«, begütigte ich sie. »Ich meinte Sie auch nicht. Der Herr auf der anderen Seite des Ganges hätte ja auch etwas sagen können. Ich bin sicher, dass er sie hat kommen sehen. Aber ich glaube ...« Ich beugte mich ein wenig zu ihr hinunter und senkte meine Stimme. »Ich glaube insgeheim, dass er etwas gegen mich hat.«

Die Dame fasste sich an ihre Perlenkette. »Meinen Sie wirklich?« Sie schaute an mir vorbei und schickte Eriks Bruder, der unbehelligt seine Lippen über dem heißen Kaffee schürzte, einen taxierenden Blick zu. Als sie mich wieder ansah, hatte ich eine Verbündete im Club derer, die mich verstanden.

»Ich weiß genau, was Sie meinen, Kindchen. Er sieht auch schon so unfreundlich aus.«

»Finden Sie nicht auch?«, haschte ich nach Bestätigung.

»Ja eindeutig. Ich erkenne Missgunst auf dreihundert Meter Entfernung«, nickte sie. »Man könnte fast sagen, er sähe verschlagen aus. Ist das ihr Ehemann?«

Ich mochte ihre Herleitung. »Um Himmels willen, zum Glück ist das nicht der Fall.«

Die Dame nahm ihren zeitlosen Hut ab und fächelte sich

damit Luft zu. »Seien Sie froh, Kindchen. Stellen Sie sich einmal vor, sie hätten ihn geheiratet, um dann heraus zu finden, dass ihr Mann ein Schuft ist.«

Mein Blick senkte sich bei dieser Bemerkung unweigerlich. Ich war ja verheiratet, und Ehemänner entpuppen sich früher oder später doch immer als Schuft. Der, den ich allerdings für den akuteren Schuft hielt, hatte sein Abziehbild hinter mir her in dieses Flugzeug geschickt.

Eriks wahren Absichten waren nicht einmal welche, die ich ihm vorwerfen konnte. Trotzdem: Er hatte meine Dienste in Anspruch genommen, um jedes noch so wichtige Detail aus mir heraus zu quetschen. Na klar: Wer zur Quelle gehen kann, gehe nicht zum Wassertopf. Wozu war ich seit Jahren als Seelsorgerin im Geschäft, und das auch noch so erfolgreich? Er hatte allerdings jeden einzelnen Tropfen aus meinem Wissensfundus herausgezogen, so dass man hätte meinen können, er wolle eine eigene Hotline gründen, um mir Konkurrenz zu machen. Ich glaube, das hätte er nicht geschafft. Wissen Sie, wie lange es gedauert hat, bis ich mich etablieren konnte und meine Nummer bei Bierdeckelgesprächen weiter gegeben wurde? Fast ein ganzes Jahr. Der Hamburger Kunde ist treu, aber wahnsinnig schwer zu synchronisieren.

»Hat er Ihnen etwas angetan? Haben Sie beide deshalb voneinander getrennte Plätze?«, holte mich die Dame zurück ins Flugzeug.

»Nein, er hat mir nichts getan. Also, er hat sich nicht an mir vergriffen, oder so. Ich hoffe, Sie haben nicht den Eindruck, ich würde mir so etwas gefallen lassen. Allerdings ...«

»Ich dachte mir schon, dass der Schmerz tiefer sitzt«, unterbrach sie mich und rückte so nah, dass ich ihr Alte-Damen-Parfüm riechen konnte. Nicht unbedingt unangenehm, für meinen Geschmack allerdings etwas zu schwer und zu blumig.

»Was wollen Sie denn jetzt unternehmen, Liebes? Ich weiß zwar nicht genau, worum es geht, aber ich habe da so eine Ahnung, wenn ich mir ihn und Sie so anschaue.«

Ich musste verdutzt ausgesehen haben, denn die Dame lachte verhalten und sagte : »Ja, aber natürlich! Glauben Sie mir, diese Augen sind zwar alt, aber immer noch in Takt. Sie haben schon vieles gesehen.«

Ja, das dachte ich mir! dachte ich bei mir. Dann stieß ihr Ellenbogen mir in die Seite.

»Was ich hier sehe ist ein klarer Fall von Frontenwechsel!«

»Frontenwechsel?«

»Sicher. Erzählen Sie mir nichts, Kindchen. Er hat die Fronten gewechselt.« Sie formte eine Faust und ihr Blick wurde für einen Moment abwesend. »Oh, wie ich diese Grenzgänger kenne!«, sagte sie zwischen ihren Lippen hindurch und dann lauter: »Wie ich euch kenne!« Dabei hob sie ihre Faust vollkommen entgegen ihrer Damenhaftigkeit und zog ein paar Blicke auf sich.

Insgeheim war ich froh darüber, nicht mehr die Einzige zu sein, die angestarrt wurde.

Dann senkte sie ihre Stimme wieder und rückte mit mir zusammen, wie eine Freundin, die einen Schlachtplan mit mir entwerfen wollte.

»Das können Sie sich nicht bieten lassen, Liebes! Was wollen Sie also unternehmen?«

Ich blickte auf und starrte die Luftdüsen an, von denen man Erkältung bekommt, wenn man sie nicht zudreht.

»Ehrlich gesagt, hab ich keinen Schimmer«, gestand ich. »Ich weiß es einfach nicht.«

»Sind Sie zusammen auf dem Weg in den Urlaub? Glauben Sie mir, ein gemeinsamer Urlaub, wenn sowieso alles verloren ist, ist so effektiv wie die Tabletten, die mir mein

Arzt verschreibt«, nickte sie und kramte in ihrer bauchigen Handtasche nach einer Pillendose. »Deshalb besorge ich mir die richtigen Mittel ganz woanders. Ich hab ja immer so Übelkeit und die hier helfen. Sollen sie zumindest. Ich hab so leicht Brechreiz.«

»Geben Sie mal her. Ich bin Ärztin«, sagte ich und streckte meine Hand auffordernd aus. »Jedenfalls war ich das, bis zu dem Zeitpunkt, als ich kein abgesaugtes Fett mehr sehen konnte. Seltsam nicht? Da schnippelt man sein ganzes Studium über an Leichen herum, baut beinahe eine Beziehung zu dem konservierten Leichnam auf, weil man ihn häufiger sieht als seine Freunde, und dann kann man plötzlich nicht mal mehr frisches Gewebe sehen, dass man eigenhändig entfernt hat. Das macht man übrigens mit so einem ganz dünnen Schlauch. Den steckt man einfach rein und dann funktioniert er wie ein Staubsauger. Blöd nur, wenn sich ein Unterdruck bildet. Kann zwar nur selten zu einem Loch führen, aber was meinen Sie, was wir nicht schon alles wieder flicken mussten. Hm, na ja!«, zuckte ich mit den Achseln und sah, wie sich die alte Dame würgend ein paar Pillen in den Mund schob und die Hand sicherheitshalber vorhielt. Ich klopfte ihr beruhigend auf die Schulter und reichte ihr eine Serviette und die Spucktüte. »Hier. Bei Erbrochenem bin ich nicht so empfindlich. Manche müssen ja immer gleich mitmachen. Ich nicht.«

Sie sah mich mit blassem Gesicht an und schluckte mehrmals, als sie sagte: »Das ist ja ... kaum ... zu fassen!«

»Ja, das kann man so sagen«, antwortete ich ihr und griff das Thema unaufgefordert wieder auf: »Also, Sie liegen gar nicht so verkehrt mit der Grenzgängerei! Eigentlich sogar total richtig. Da vertraut man jemandem über einen langen Zeitraum und kaum dreht man ihm den Rücken zu, probiert er seine Grenzen neu. Wie ein Kind, dem man Einhalt gebieten muss, weil es ausprobiert, wie weit es gehen kann. Aber wie will man einen erwachsenen Menschen neu erziehen oder von kindlicher Abenteuerlust abhalten? Das ist so gut wie unmöglich. Dafür bräuchte man jahrelange Intensivtherapie. Also tun sie letztendlich doch, was sie nicht lassen können. Aber sie würden es nicht einmal zugeben, wenn man sie direkt danach fragte. Männer sind in der Lage, einem offen ins Gesicht zu lügen. Ist das nicht unglaublich?«

Die alte Dame ließ die Serviette in ihre Handtasche hineinfallen und drückte sie mit dem Gesichtsausdruck eines Bullterriers energisch zu. Die Spucktüte noch immer fest im Griff, sagte sie: »Na, das kann man wohl sagen! Das ist wirklich allerhand!«

»Ich meine, wir Frauen sind da anders. Wir können auch lügen. Aber wenn wir es tun, dann in einer vollendeten Weise. Wir lügen nicht offensichtlich. Männer sind praktisch, wir dafür die klügeren Wesen. Was meinen Sie, was ich meinen Mann schon angelogen habe? Sie nicht auch?«

Sie nickte zögerlich und lächelte verlegen. »Aber darüber spricht man nicht, Liebes.«

»Warum nicht?«, fragte ich gegen. »Warum eigentlich nicht? Ich meine, jetzt, wo wir zwei Klosterschwestern schon mal unter uns sind, können die Sachen auch auf den Tisch. Was hab nicht schon gelogen. Und manchmal nur, um ihm zu gefallen. Ich hab so getan, als würde mich interessieren, was er redet und als fände ich seine Witze lustig. Sie sind immer sehr flach, wissen Sie? Ja, Schatz, der Witz war ganz lustig. Und die Schuhe waren im Angebot«, begann ich mich selbst nach zu machen. »Ja, Schatz, ich habe alle Preise verglichen. Ja, Schatz, dein Hemd sieht toll aus! Nein, Schatz, du hast nicht zugenommen. Ja, Schatz, ich mag dich auch unsportlich. Ach, dass die Haare dünner werden, bildest du dir ein. Grau meliert ist schick, aber eine angehende Glatze? - Nein danke! Mal ehrlich - Ach was, Schatz, vier Minuten sind lang genug im Bett.«

Der Blick der Dame schnellte überfordert hin und her. Es tat mir fast ein wenig leid, dass ich wie ein Maschinengewehr sprach, aber ich konnte diesen Schwall nicht aufhalten. »Ja, ich hatte einen Orgasmus, du ja auch. Wir kommen immer gleichzeitig, das ist bei mir so! Und sie bemerken es nie. Niemals. Die merken sowieso überhaupt gar nichts. Kneten an deinem Busen herum, als sei er eine Doppelausführung therapeutischer Wutbälle und man liegt da, denkt: Hallo? Ja, sie sind angewachsen! Und dabei soll man sich nun entspannen, um in vier Minuten einen Höhepunkt zu erlangen. Am liebsten würde ich dann sagen: Ja, Schatz, knete schneller, wir haben nur noch drei Minuten! Deshalb habe ich einen Blueberry Ultra-Vibro 3000 Freudenspender. Haben Sie auch einen Vibrator?«

Die Dame neben mir rang errötet nach Luft. »Also ... so etwas hab ich noch nie zu meinem Mann gesagt.«

Ich zog die Minidose Bitterlemon aus meiner Handtasche heraus, klappte den Tisch der Dame herunter und schob sie darauf.

»Aber Sie haben es sicher gedacht! Hier, trinken Sie das. Da ist Chinin drin. Gut für das Immunsystem und gegen Übelkeit.«

Sie zog das Döschen zu sich heran und musterte es eine Weile, bevor sie es anhob und fragte: »Chinin? Was ist das?« Dann öffnete sie die Dose gekonnt, nahm einen Schluck, und ich antwortete mit dem Blick an die Klappen, hinter denen die Sauerstoffmasken hängen: »Ich glaube, das wird aus Wespengift extrahiert.«

Eine Fontäne Bitterlemon schoss zwischen den Sitzen hindurch. Ich reichte der Dame meine letzte Serviette.

Sie wischte dem Vordermann mit beteuernden Worten über

die Glatze, dann über das Polster und letztlich über ihren Klapptisch.

Von der anderen Seite des Ganges kam ein leises Gelächter herüber. Ich drehte mich mit bissigem Blick herum und zeigte mit dem Finger auf Eriks Bruder, der daraufhin peinlich berührt verstummte.

»Sie!«, tönte ich. Ich nahm den Finger wieder herunter und deutete dann auf die Dame neben mir. »Sie hat einen empfindlichen Magen. Geben Sie mir mal Ihre Spucktüte.«

»Meine Tüte? Aber ich habe auch einen empfindlichen Magen. Vor allem während des Fliegens. Außerdem haben Sie alle meine Rescue-Tropfen in sich hinein geschüttet«, wehrte er sich.

»Wissen Sie was? Wenn Sie sich bekotzen, dann bringen Sie die Sachen gefälligst in die Reinigung. Die Dame hier wird ihres Magens wegen medikamentös behandelt. Her mit der Tüte! Ich bin Ärztin.« Ich lehnte mich hinüber und griff ungeniert in das Netz vor ihm an der Lehne. Er griff ebenso zu und zog seine Tüte an sich.

»Was fällt Ihnen ein?«, fragte er in einem widerwärtigen Ton. »Das ist meine Tüte!«

Ich war wild entschlossen aus medizinisch notwendigen Gründen handgreiflich zu werden. »Behalten Sie ihr krächzendes Gewäsch für sich und geben Sie sie her! Ihr Magen wird sonst auschecken, bevor wir landen.«

Ich wurde von der anderen Seite angetickt. »Aber ich hab doch schon zwei Tüten, Kindchen.«

»Na und! Hier geht es ums Prinzip«, sagte ich und riss ihm den Zanckapfel aus der Hand. Dann reichte ich meiner Sitznachbarin das zerknitterte Ding.

»Aber schauen Sie mal. Jetzt ist sie kaputt«, kam von ihr.

»Was?«, entfuhr es mir. »Zeigen Sie mal her? Na ja. Macht ja nichts. Sie haben ja noch zwei.« Dann drehte ich mich wieder zu Eriks Bruder herum und gab ihm sein kaputt gerissenes Faltpapier zurück.

»Hier. So können wir sie nicht gebrauchen«, sagte ich verächtlich. »Das Männer immer alles kaputt machen müssen.«

Er sagte noch irgendetwas zu seiner Verteidigung, aber ich hörte ihm nicht mehr zu. Stattdessen lehnte sich die Dame neben mir über mich zu ihm herüber und warf ihm ihre beiden Tüten auf den Schoß.

»Hier! Sie kriegen den Hals wohl nicht voll, wie? Nehmen sie nur! Wir wissen uns auch so zu helfen.« Dann hielt sie ihre bauchige Handtasche demonstrativ hoch und lehnte sich wieder in ihren Sitz zurück. »Was für ein egoistischer Schuft!« Nachdem sie ihm einen letzten bösen Blick zugeworfen hatte, widmete sie sich wieder unserem Bund.

»So und jetzt erzählen Sie mal, was genau passiert ist. Wir haben ja noch gut eineinhalb Stunden.«

Ich biss mir auf die Unterlippe und überlegte, wo ich beginnen sollte, zu erzählen.

»Also gut. Lehnen Sie sich zurück. Ich werde Ihnen eine Geschichte erzählen über den Mann der mir das Herz gebrochen hat. Und über den Mann, der sich das größte genommen hat, was ich zu entbehren habe.«

»Das Gerät 3000?« riet die Dame falsch.

»Nein, die Gleichwertigkeit.«

Während ich es aussprach, dachte ich darüber nach, wie naiv ich eigentlich gewesen war. An Monde, Sommernächte und andere Märchen zu glauben kam mir nicht zum ersten Mal im Leben blöd vor. Eigentlich bin ich recht realistisch, aber einem Hauch von Romantik konnte wohl niemand widerstehen, vor allem dann nicht, wenn sie in Liebe ausartete. Dieses verschwommene Gefühl, dass die Leichtigkeit eines Tanzes hat, den man nur aus seiner Fantasie kennt, der am Ende eines Märchens mit gutem Ausgang spielt, wenn die

Hochzeit gefeiert wird ... *Alles Blödsinn!*, beschloss ich, weil dieses trügerische Gefühl dazu führt, dass man sich selbst aus den Augen verliert, während man im Liebestaumel dahinsiecht. Ich habe die Liebe neuerdings von zwei Seiten zu betrachten, die mit meiner ursprünglichen Vorstellung weit auseinanderklafft. Geben und nehmen gegen die Härte, mit der die Illusion von Liebe zerbersten kann, standen sich in meinem Kopf gegenüber und feindeten einander an.

Ich verstehe gar nichts von der Liebe, dachte ich, und die ältere Dame unterbrach meine Gedanken: »Ich heiße übrigens Erika LaCarte. Sehr erfreut.«

Erika reichte mir ihre Hand.

Ich stolperte über ihren Namen, versuchte jedoch mir nichts anmerken zu lassen.

»Mein Name ist Lotti. Milva Lotti.« Schnaubend reichte ich ihr meine Hand und ging zur Berichterstattung über: »Es begann alles an einem Dienstagmorgen.«

Um Erika nicht wieder zum Röcheln zu bringen, erzählte ich ihr die ganze Geschichte in der zensierten Version. Na ja, ich ließ nur die schmutzigsten Details aus, wie das Mandolinenkonzert, oder ich umschrieb Yassines Begegnung am Strand ein wenig glimpflicher.

Erika klappte trotzdem mehrmals würgend ihre Handtasche auf und wieder zu. Manchmal kicherte sie auch hinein.

Als ich schließlich zu dem Punkt kam, an dem ich mich auf die Suche machte, den Grund dafür herauszufinden, dass meine Klienten in letzter Zeit alle schwul zu werden schienen, hob sie die Hand, wie eine Schülerin.

»Ja?«, unterbrach ich meine Berichterstattung selbst, als der Kapitän durchgab, dass wir gerade über Mailand hinweg flogen.

»Hat der Unternehmer mit den schmutzigen Redensweisen denn jemanden kennen gelernt, wie Sie es ihm voraus gesagt hatten? Er kannte die Wahrheit ja nicht.«

»Natürlich nicht. Aber ich habe trotzdem Recht behalten. Denn ich traf ihn und seinen Pik-König gleich am nächsten Abend.«

Ihr Magen möchte auschecken?

Kapitel Sechs
Platzhirsche

Wir kommen zum interessanten Teil: Als ich Erik das erste Mal sah, war er ... wie soll ich sagen? Indisponiert? Ich überraschte ihn halb nackt im Treppenhaus, und er sah mich dabei an, wie ein Mann den man gerade halb nackt überrascht.

Ich war auf dem Weg zu Reza, der mich eingeladen hatte, mit ihm gemeinsam seine Pokal-Sammlung durch zu gehen. Reza schoss bei jeder Verabredung, bei der er mit seinem Kurzzeit-Romeo im Bett landete, ein Polaroid von dessen Gemächt. Diskretionshalber immer nach dem gemeinsamen Sex, um Romeo nicht zu überrumpeln. Außerdem, so Reza, war das Ding hinterher nicht ganz so klein, wie vor dem Sex und Romeo längst eingeschlafen. Am darauf folgenden Tag bestand Rezas einzige Aufgabe nicht darin, einen Kaffee zu kochen, sondern den Namen des Liebhabers heraus zu finden, diesen auf die Rückseite des Fotos zu klieren, und den mal gut, mal weniger gut Bestückten dann vor die Tür zu setzen, damit er ja nicht auf romantische Ideen kam. Andere sammeln aufgespießte Schmetterlinge oder Münzen. Reza hingegen Sammelt Erinnerungsfotos von Teilen seiner Liebhaber, um sich und andere später im Altersheim von seiner Blütezeit überzeugen zu können.

Ich bin ganz ehrlich, wenn ich sage: die Fotos sind die bessere Idee und verkörpern den Vorsorgegedanken im Hinblick auf die schwindende Zeit. Was will man schon mit Schmetterlingen?

Nun, ich klingelte also am Hauseingang und stieß die Tür auf, als der Summer ertönte. Schnellen Schrittes war ich die Treppen hinauf geflogen, als ich eine mir fremde Stimme in einem der Stockwerke über mir hörte: »Ich denke, unsere Wege sollten sich ab heute trennen. Ich bin keine schicksalhafte Begegnung.« Dialoge über das Schicksal im Treppenhaus sind rar und daher umso interessanter. Ich ging einen Schritt langsamer und hörte zu meiner Überraschung eine mir bekannte Stimme von oben sagen: »Aber meine Wahrsagerin hat es mir prophezeit. Du bist Flirt, Erotik und Abenteuer in einem. Milva hat es doch gesagt.«

Olaf Gaspricky, dachte ich prompt und bog um den letzten Stufenabsatz, der mich in die Etage führte, in der Reza wohnt. Olaf war viel kleiner als ich ihn mir vorgestellt hatte, jedoch besaß er einen sehr treffenden, schmierigen Ausdruck im Gesicht. Er sprach gedämpfter zu einem jungen Mann, der neben Reza zu wohnen schien. Gut aussehend und bloß mit einem Handtuch bekleidet. Seine Haare waren nass, wie frisch geduscht.

»Milva!«, begrüßte mich Reza aus seiner auffliegenden Tür heraus. »Die Pokal-Sammlung ist bereits aufgeschlagen und wartet auf uns! Ich habe im weitesten Sinne Pasta vorbereitet.«

Ein unsicherer Blick wurde zwischen Olaf und Reza und dann zwischen Olaf und mir getauscht, und als ich murmelte: »Dann bin ich wohl die Karo Dame. Ich habe ja gesagt, die Sache fliegt auf!«, drängte er sich so schnell er konnte an mir vorbei die Treppe hinunter.

Der junge Mann, der neben Reza wohnte, sah mich verdutzt an und sein Hund, ein Golden Retriever, zog an dem Handtuch, dass sein durchaus hübsches Herrchen um die Hüften gewickelt trug. Es fiel zu Boden, der junge Mann bedeckte seine Scham mit den Händen und schob verklemmt seine Wohnungstür zu.

»Wer war das?«, fragte ich Reza, als ich mit großen Augen

in seine Wohnung eintrat.

»Wer war was?«

»Na, dein Nachbar.«

»Ach so. Der heißt Erik. Erik Kutscher. Wieso?«

»Nur so«, tat ich die Auskunft ab und wusste damals nicht, wer Erik einmal für mich sein würde.

»Der andere ist viel interessanter«, tönte Reza. »Das ist der Unternehmer, von dem ich dir erzählt habe. Seinen Pimmel schauen wir uns als erstes an!« Damit stob er ins Wohnzimmer und setzte sich vor zwei Tassen Tee auf das Sofa. Ich war mir nicht sicher ob ich das Gesicht und auch das Gemächt eines meiner Klienten an einem Tag verkraftete, blieb jedoch zuversichtlich.

»Komm!«, rief Reza mir zu. Ich wickelte mich aus meinem Tuch heraus, hängte es an die Garderobe und folgte ihm ins Wohnzimmer. Es roch nach frischem Weichspüler, der aus dem überfüllten Wäscheständer heraus zog.

»Es riecht immer so gut bei dir«, sagte ich anerkennend und atmete tief ein.

»Ich habe gerade gewaschen.«

»Ja«, entgegnete ich schnuppernd. Ich finde, den Weichspüler von Menschen zu riechen, ist ein schönes Erlebnis, vor allem dann, wenn ich sie mag. »Weißt du, wer der andere war?«

»Ja, das war der Unternehmer. Hier ist sein Pimmel«, antwortete Reza und hielt mir ein Foto entgegen.

Ich kniff die Augen zusammen. »Ich weiß nicht. Ich glaube diesen Pokal legst du lieber wieder beiseite. Der ist mein Kunde!«

Durch einen Augenschlitz sah ich, dass ein Staunen über Rezas hübsches, unrasiertes Gesicht flog. Das Foto nahm er jedoch nicht fort, deshalb drehte ich mich herum und ging zum Fenster.

»Was? Wie bitte? Dein Kunde?«

»Ja«, bestätigte ich. »Der, der immer so versaute Sachen zu mir sagt!«

»Ist nicht wahr!«

»Doch! Olaf Gaspricky, der Platzhirsch. Oh Gott! Wenn du mal etwas mit ihm hattest, dann hat er bestimmt auch schon einmal was von dir erzählt.« Ich atmete schwer, fing mich aber schnell wieder. »Und willst du noch was wissen?«

»Na?«

»Dein Nachbar scheint der zu sein, der meinen Klienten die Köpfe verdreht. Du hast doch Yassine mitbekommen vor ein paar Wochen, als du die Mörderbestellung beim Libanesen abgegeben hast.«

»Ich erinnere mich«, gab er zu.

»Und ich wette mit dir, das ist auch der, der Hilmars Ding repariert hat, bloß ein paar Wochen vorher.«

»Der Muskelmann?"

Ich nickte. »Im Zweifelsfall ist alles auf einen Punkt zurück zu führen, sagt Ralph immer. Es fügt sich ja auch wunderbar zusammen. Dein Nachbar ist der Schlüssel.«

Ich bemerkte, dass mein Hosenbund sich beim Treppensteigen gelockert haben musste und zog die Schleife über dem Leinen wieder fest.

»Meinst du?«

»Ich denke schon!«

Reza überlegt einen Moment, bis sein Blick zurück auf das Foto fiel, das er mir noch immer entgegen streckte. Dann setzte ich mich neben ihn und nahm den dunkelblauen Schuhkarton an mich, in dem all die Fotos, all seine Pokale lagen. Oder sollte ich besser sagen: die Zepter?

»Gib mal her!«

»Hey? Ich wollte dir die besten zuerst zeigen. Das ist meine Kollektion«, maulte er.

»Na und, ich bin hier, um sie mir alle - außer einem - anzusehen, oder nicht?« Ich wühlte zwischen den Fotos herum, wie eine Glücksfee, die den Gewinner einer Tombola ziehen sollte. Als ich auf den Rücken eines wahllos gezückten Polaroids schaute, sprang mir der Name Simon entgegen.

»Hallo Simon«, sagte ich laut und drehte das Bild in meiner Hand herum.

»Oh, der ist geil gewesen. Aber sein Ding war irgendwie ...«

»Schief!«, schloss ich Rezas Ausführung und legte das Bild wieder zurück in den Karton.

»Ja, da war sein Ding ja schon wieder kleiner. Den hättest du mal groß sehen sollen.«

Ich zog das Polaroid noch einmal hervor und näher an mein Gesicht heran. »Das sieht aus wie ein Schlangenkürbis.«

Reza begann zu kichern und kramte zwischen den restlichen Fotos herum. Es mussten um die hundert sein.

»Hier«, sagte er nach kurzer Suche und zog ein anderes Bild hervor. »Das is'n Ding!«

»Allerdings!« Meine Augen wurden größer als das Polaroid. »Dafür braucht man einen Waffenschein«, hauchte ich schluckend.

»Das ist der größte, den ich jemals gesehen habe«, sagte Reza auf der Suche nach Anerkennung.

»Also, das finde ich fast zu groß!«

»Ja! Trotzdem eine Trophäe!«

»Das sind doch alles Trophäen«, ergänzte ich und hielt den Schuhkarton hoch. Darauf stand ein Markenname. »Du hast Prada-Schuhe?«

»Was?«

Ich deutete mit meinem Blick auf den Schriftzug.

Reza stand auf, verließ den Raum für kurze Zeit und kam mit einem Paar schicker Schuhe zurück ins Wohnzimmer.

»Sicher habe ich Prada-Schuhe!«

»Es gibt Männerschuhe von Prada?«, fragte ich ungläubig.

»Siehst du doch!«

Ich besah mir noch einige Bilder aus dem Schuhkarton, doch mich interessierten viel eher Rezas Schuhe. »Lass uns Schuhe gucken.«

»Heute ist Sonntag. Wenn ich welche anschauen gehe und mir schon die Mühe mache, mir die Nase platt zu drücken, dann will ich auch welche kaufen.«

»Ach was! Ich meine deine Schuhe«, kanzelte ich den Einkaufsbummel ab und stellte die Pokal-Galerie zur Seite.

»Ach so! Ja, dann komm mit ins Schlafzimmer, da sind die guten Stücke!«

Ich folgte ihm in sein Schlafzimmer und bekam meine Augen nicht mehr zu, als er mir ein Hochregal mit mindestens zwanzig Paaren der teuersten Männerschuhe präsentierte, die ich je gesehen hatte. Reza und ich kennen uns seit sieben Jahren. In seinem Schlafzimmer war ich jedoch noch niemals zuvor gewesen. Zwar war mir aufgefallen, dass er immer gut gekleidet war, aber von diesen Schmuckstücken kannte ich bloß ein oder zwei.

Er lehnte sich stolz an seine Schlafzimmertür und sagte. »Ich habe sie nach Markennamen sortiert.«

»Weißt du was? Ralph hat letztens seine CDs nach der Hautfarbe der Interpreten sortiert.«

»Ich halts nicht aus! Wo hat er denn Michael Jackson untergebracht?«

Ich lachte. »Genau das war ein Problem. Er wusste auch nicht, wo er die neueren Alben hinstellen sollte. Dann hat er eine Farbskala ausgedruckt und alle Bilder, die er von Jackson finden konnte, chronologisch nebeneinander gelegt. Um alles einzusortieren, hat er drei Tage gebraucht. Er hat sich sogar Urlaub genommen deswegen, das musst du dir mal vorstellen! Also, deine Schuhe nach Namen zu sortieren erscheint mir da klüger«, kicherte ich mit rollenden Augen und widmete mich einem Paar nach dem nächsten. Ich kam allerdings nicht über die Billabong Strandschuhe hinaus, denn es klingelte hektisch an Rezas Tür.

»Wer ist denn das?«, fragte ich ungnädig, weil ich mich äußerst gestört fühlte.

»Keine Ahnung. Ich erwarte niemanden«, erwiderte Reza und verließ das Schlafzimmer um an die Tür zu gehen. Als ich über den Schuh von Chanel staunte, vernahm ich die Stimme des Nachbarn: »Hallo Reza. Entschuldige den peinlichen Auftritt von vorhin.«

»Ach, ...«, hörte ich Reza plaudern. »Ich hab ja gar nichts mitbekommen.«

»Ist Milva da?«

Bei dem Klang meines Namens ließ ich von den Dior-Tretern ab und meinen Blick auf den Boden gleiten, um besser zuhören zu können.

»Du kennst Milva?«, hörte ich Rezas verwunderte Stimme.

»Nicht direkt. Aber Olaf ist der zweite, der mir von ihr erzählt hat. Ich würde sie gern kennenlernen und mich unter anderem gern entschuldigen für ... na ja ... Reiki hat mir das Handtuch runter gezogen. Ich möchte mich bei ihr entschuldigen.«

»Dein Hund hat dich entblößt?«, lachte Reza und rief mich dann zu sich.

Ich strich mir die Bluse glatt und folgte seiner Aufforderung, dazu zu stoßen. Ein freundlicher junger Mann, der angezogen noch besser aussah, als nackt, lächelte mich verlegen an. Dann streckte er mir eifrig die Hand entgegen und stellte sich vor: »Hallo! Mein Schamgefühl fährt ja Karussell wegen vorhin. Hallo Milva, ich bin Erik. Ich habe schon viel von dir gehört.«

Verlegen reichte ich ihm meine Hand und sah Reza dabei an, doch dieser winkte ab: »Ich habe dich mit keinem Ton erwähnt!«

»Nein«, ergänzte Erik. »Der Mann vorhin hat von dir gesprochen. Glaube ich zumindest. Er redete von seiner Wahrsagerin Milva. Und Reza hat dich so genannt. Ich glaube, dass dieser Name recht selten ist.«

»In einer Stadt wie Hamburg?«, fragte ich zerstreut.

»Ja, selbst in Hamburg. Du bist doch Milva Lutti, oder?«

»Nein.«

Erik sah mich an, als würden seine Gründe, sich zu entschuldigen in seinem Hinterkopf anschwellen.

»Es heißt Lotti. Milva Lotti«, beruhigte ich seine Schwellung.

»Oh, ach so«, sagte er erleichtert und schüttelte meine Hand. »Hallo, ich bin Erik Kutscher. Ich wollte mich für den Auftritt vorhin entschuldigen. Es war nicht geplant, dass Reiki mir das Handtuch klaut.«

»Ach, ich hab schnell weg geschaut. Ich hab überhaupt nichts sehen können«, tat ich die Sache ab.

»Wirklich? Da bin ich aber froh.«

»Na ja, ein bisschen vielleicht!«

»Oh.« Es folgt eine sekundenlange Stille, die in aller Ruhe durch Rezas Wohnung zu schlendern schien. Ich glaube, mir selbst war der Vorfall peinlicher, als Erik. Ich suchte mein Smalltalk-Repertoire krampfhaft nach einer passenden Äußerung ab. Allerdings spukte ich schließlich aus: »Ach, vielleicht lass ich ja auch mal die Hüllen fallen und dann stehst du da und siehst mich an. Hose runter, Beine breit. Ha ha ha.« *Wie peinlich ist das denn?!*

»Ich hoffe nicht!«, entgegnete Erik mit hochgezogenen Augenbrauen.

Noch peinlicher!, dachte ich und ließ seine Hand los. 'ne

unverhoffte Anmache inklusive Korb.

»Soll ich dir die Karten legen?«, versuchte ich zu überbrücken.

»Oh, ich habe schon viel davon gehört, dass du Karten legen kannst«, entgegnete er sichtlich erleichtert, und Reza holte einen Stuhl aus der Küche, um ihn ins Wohnzimmer zu tragen. Dann räumte er den Tisch frei und rief uns zu: »Ich habe ein Skatblatt hier. Wenn ihr wollt, könnt ihr hier die Karten legen. Kommt nur herein.«

»Oh, das wäre zu schön«, sagte Erik blumig und sah mich bittend an. »Ich habe da nämlich was am Start, von dem ich gern wüsste ...«

»Sag nichts!«, unterbrach ich ihn. »Sonst nimmst du mir die Chance, richtig zu liegen.«

Ich überlegte verzweifelt ob ich einem Live-Auftritt gewachsen war und wünschte mir einen Knopf im Ohr, der mich mit Ulli in Kontakt hielt, aber ich konnte sie schlecht dazu rufen. Also deutete ich freundlich lächelnd an, dass Erik vor mir das Wohnzimmer betreten sollte.

Ich trottete hinter ihm her und rief mir die Bedeutung der Karten noch einmal ins Gedächtnis. Er nahm auf dem Sofa neben Reza Platz, und ich durfte auf den Stuhl.

Also wirklich ... Ich brauchte jetzt eine bequeme Sitzfläche. Rezas Stühle knarrten und ich befürchtete, dass er oder Erik bemerkten, dass ich nervös auf meinem Hintern hin und her rutschte. Ich schob Erik mit vorgeschützter Selbstsicherheit das Skatblatt über den Tisch hinweg zu und wünschte mir, dass weder die Karo-Zahlen, noch die Kreuz 7 in der Nähe des Herzkönigs auftauchen würden, denn ich konnte ihre Bedeutung beim besten Willen nicht in meinem Gedächtnis wieder finden.

Erik nahm den Stapel hoch und sah mich erwartungsvoll an.

»Bitte mische die Karten mit dem Gedanken: Was bringt mir die Zukunft. Aber keine Wünsche formulieren. Nur diese eine Frage. In Ordnung?«

»In Ordnung«, nickte er ab und begann, die Karten in seiner Hand auf und ab zu bewegen. Noch immer sah er mich erwartungsvoll an.

»Du hörst auf zu mischen, wenn du spürst, dass es genug ist«, sagte ich, bevor er eine Frage stellen konnte, und schon hielt er inne und reichte mir den Stapel zurück. Ich begann damit, sie auszulegen. Acht Karten nebeneinander in vier Reihen. Dann betrachtete ich das Blatt einen Moment, bevor ich verheißungsvoll den Finger an mein Kinn hob und »Hmmm« machte.

Erik starrte stumm auf sein Kartenblatt.

Glücklicher Weise hielten sich die verhassten Karo-Zahlen und die Kreuz 7 am Rand des Geschehens auf. Erik (der Herz König) lag mittig. Hinter ihm Flirt, Erotik Abenteuer und dahinter der Pik König. Beide lagen in einer Reihe mit der Pik Dame und schauten ihr ins Kreuz. Sie sah allerdings auf den Pik Buben, den platonischen Freund, über dem die Zuhause-Karte lag, das Herz As.

»Es sieht so aus, ...«, begann ich mit der Deutung. »Als würdest du Flirt und Erotik mit einem Mann haben. Schon bald. Vielleicht auch jetzt bereits.«

Erik nickte bloß, als würde er die Information speichern, und ich widmete mich wieder den Karten.

»Also hier liegen viele Herz Karten um dich herum und vereinzelt mal ein paar Pik-Karten. Das bedeutet, dass du emotional aufgewühlt bist. Außerdem ist das ein gutes Zeichen, denn die bedrohlichen dunklen Karten sind weit von dir entfernt.« Mit meiner linken Hand fuhr ich über eine Horde von Kreuz-Karten, die sich vor der Pik Dame auftürmten, wie ein schwarzer Wall.

»Er ist wahrscheinlich in einer Beziehung«, deutete ich auf den Pik-König. »Aber er fühlt sich nicht mehr zu seiner Partnerin hingezogen. Wahrscheinlich ein junges Paar. Die Ehe liegt jedenfalls nicht in seiner Nähe, dafür ganz in deiner Nähe. Das könnte was Ernstes werden, aber er hat noch Hemmungen. Neben ihm liegen nämlich die Untreue und darunter die Krankheitskarte und die Kreuz 10.«

»Ist er etwa krank?«, fragte Erik entsetzt und Reza lachte sich neben ihm ins Fäustchen.

»Nein. Die Kreuz 10 sagt, dass er sich mit einer Sache stark auseinander setzt. Das heißt: er ist gedanklich völlig fertig. Also krank im Kopf, sozusagen.«

»Ein Verrückter?«

»Nein. Er macht sich selbst verrückt. Er ist krank vor Sorge. Schräg über dir liegt auch eine Herz Dame. Und hinter ihr die anderen Männerkarten, die es so gibt. Den alten, den jungen, den Liebenswerten, Glück, Gutes und Geschenke. Alles auch in deiner Nähe, aber du siehst sie nicht an. Die Herz Dame irritiert mich. Hast du eine heimliche Verehrerin? Bei ihr liegt die Traurigkeit.«

Erik und Reza sahen einander an und sagten dann im Chor: »Die dicke Sina!«

»Sie ist so etwas, wie eine Gaby«, erläuterte Erik von allein.

»Eine Gaby?«, fragte ich nach.

»Ja, die Frau, die sich an deine Fersen heftet und heimlich in dich verliebt ist. Sie tut so, als wäre sie mit dir befreundet, aber weil sie selbst keinen Freund hat, schenkt sie dir ... also uns ... ihre ganze Aufmerksamkeit und auch ihre Liebe. Sie entscheidet später auch für dich, wen du magst und wen nicht, und wer für dich in Frage kommt, und wer ganz und gar nicht geht.«

»Du bist meine Gaby, oder meiner natürlichen Behaarung

wegen meinetwegen auch eine Ursula. Kannst du dir aussuchen«, grinste Reza frech.

»Ich bin verheiratet«, gab ich trocken zurück. »Gabys sind offenbar nicht verheiratet.«

»Meine schon«, grinste Reza noch frecher und schenkte sich Tee ein.

Ich nahm ihm die Tasse mit einer zu schnellen Bewegung aus der Hand, und ein Teil des Inhaltes schwappte auf das Kartenblatt.

Reza stieß hoch und fragte mich empört, ob ich noch alle beisammen hätte. Meine Antwort bestand aus einem Grienen und einem laut geschlürften Schluck Tee. Kurz darauf hatten wir uns händeringend in der Wolle und jagten uns durch das Wohnzimmer, stets darauf bedacht, nicht über Erik zu stolpern. Dieser zog den Kopf ein, und er sah aus der Deckung heraus zu, wie wir uns ganz einem tobenden und turtelnden Paar gleichkommend nachstellten.

Schließlich hatte ich Reza mit einem gekonnten Judotrick, einem Hieb über die Schulter, auf den Boden gelegt und stellte ihm meinen Fuß auf die Brust.

»Ich nehm's mit jedem Platzhirsch auf«, lachte ich. Dann ließ ich triumphierend von ihm ab und bestieg seinen Wohnzimmertisch, als würde ich nach gewonnenem Kampf die Hügel besteigen, auf denen einmal ein Denkmal zu meinen Ehren gesetzt werden sollte. Ich hob den Arm salutierend an die Schläfen und johlte albern: »Er fiel für ein paar Polaroid-Trophäen! Auf dieser Höhe sehen Sie die Statue der Jungfrau Milva Lotti, unserer Nationalheldin, die ihn zur Strecke brachte und den Krieg der Gabys damit beendete.«

Reza berappelte sich hinter mir und riss an meiner locker sitzenden Leinenhose. Mir entfleuchte ein hektisches »Nee!« und ich griff um mich, doch es war bereits zu spät: die Schleife löste sich, und die Hose fiel mir bis zu den Knöcheln hinunter. Mein Blut schoss allerdings in die entgegen gesetzte Richtung, nämlich in meinen Kopf, und Erik schoss angestochen vor mir vom Sofa hoch.

»Sieht so aus, als hätten wir jetzt Gleichstand«, sagte er möglichst trocken und verließ Rezas Wohnung ohne ein weiteres Wort. Ich blickte seinem dunklen Hinterkopf unschlüssig hinterher, zog meine Hose wieder hoch und stürzte mich auf meinen Freund, der vor Lachen kaum noch Luft bekam.

»Du kannst mir doch vor einem Wildfremden nicht die Hose runter ziehen, du Spinner!«, schimpfte ich lachend.

»Hab ich aber! Deine Worte: Hose runter, ...«, prustete der Wüstling wie verrückt und drehte sich auf die Seite.

Mich dem Bewegungsabenteuer hingebend sprang ich auf ihn drauf und kloppte auf ihn ein. Doch meine Schläge waren zu schwach, als das ich Reza mehr als noch mehr Lachen entlocken konnte. Seine Trophäensammlung beschauten wir uns an diesem Tag nicht mehr. Statt dessen liefen wir wie Halbwüchsige noch eine halbe Stunde kreischend durch seine vier Wände, bis ich die Flucht durch seine Wohnungstür ergriff und mich kichernd und gelöst auf den Weg nach Hause machte.

Reza und ich sprachen nach unserer Kabbelei eine Zeit lang nicht miteinander. Das kam nicht, weil wir böse aufeinander waren, sondern weil wir so taten, als wären wir es. Schließlich hatte sie zu hoch Peinlichem geführt.

Meine SMS am Nachmittag lautete:

Ich will dich nicht sehen. Für 5 bis 7 tage!

Zahlen unter dreizehn schreibt man aus
und Tage wird groß geschrieben,
du dummes Ding!

Dann will ich dich 13 Tage nicht sehen!

ZICKE!

Groß schreiben wird in Chat und SMS als Schreien gedeutet. TUNTE!

Ich stieg derweil in die Badewanne und während meine Finger schrumpelig wurden überlegte ich mir, was ich alles ohne Reza anstellen wollte. Wir hatten noch nie so offiziell Urlaub voneinander genommen.

Als erste rezalose Tat nahm ich mir vor, mir die Ingredienzien meines Schaumbades durchzulesen. Es war von einem namenlosen Hersteller, hatte allerdings im Öko-Test als bestes Produkt für Haut und Haar abgeschnitten. Somit musterte ich das übergroße Öko-Test-Ergebnis, das auf der Packung prangte und verrieb eine große Menge des Produktes auf meinen nassen Locken und riskierte dadurch, dass ich für mehrere Tage nach Lavendel und Mandelsplittern roch. Vielleicht sogar für die ganzen dreizehn Tage.

Als ich später aus der Badewanne kletterte und mir mein Mandelsplitter-Haar mit der Föhndusche und einer ordentlichen Portion Festiger so lockig geknetet hatte, wie nie zuvor, nahm ich mir ein Beispiel an Rezas Schuhregal und sortierte meine Unterwäsche nach Markennamen. Dabei kam ich zu dem Schluss, dass ich unbedingt mehr Unterwäsche im Bereich Q und X kaufen und H und M künftig meiden sollte, weil die schwedischen Produzenten schon zu viel Geld von mir bekommen hatten, und alles nur, damit ich ein halbes Regal bis zum Schrankrücken mit ihrem Label füllen konnte. Die H-Fraktion war auf jeden Fall überfüllt. Da sie wahrscheinlich eh alle bei Höschen-Fabrikanten in Taiwan produzierten und ich über das Internet in eben diesem Land sicher Modelle mit Q und X finden würde, warf ich als nächstes den PC an und orderte alles, was meine Lücken schließen konnte. Ich kaufte sage und schreibe einundvierzig Unterhosen, wobei einige davon wirklich nur Höschen waren und ein Modell leider an Stützstrümpfe erinnerte. Aber was sollte ich machen? X-Unterhosen gibt es eben nur sehr wenige, und ich wollte meinen Bestand auf jeden Fall alphabetisch korrekt und vollständig wissen.

Nachdem meine Schlübber wieder im Schrank verstaut und die Bestellungen abgeschlossen waren, setzte ich mich neben mein Sorgentelefon und wartete. Allerdings wartete ich ziemlich lange, denn es klingelte nicht. Standen die Sterne vielleicht günstig, so dass heute niemand Probleme hatte? Nach einer Stunde hatte ich die Nase voll vom Warten. Die Ansturmzeit für Feierabendproblemfälle war vorbei und ich rechnete mit keinem Anruf mehr, also überlegte ich, was ich noch tun konnte. Die Waschmaschine sauber machen war ein blöder Einfall, weil sie sich ja jeden zweiten Tag alleine wusch und so suchte ich mir eine andere Beschäftigung.

Nach zwei Stunden war der Kühlschrank gereinigt, das Eisfach abgetaut, das Bügeleisen entkalkt, Ralphs Hemden gestärkt, das Lattenrost von Staub und Spinnenweben befreit, die Badewanne ließ dank Nanopolitur alles abperlen, was gedachte, darauf Platz zu nehmen, und der Toaster war entkrümelt. Dann blätterte ich in einem neuen Buch, das mir meine Freundin Ulli empfohlen hatte. Das es nicht spannend war, kann ich nicht sagen, aber ich befand nach einigen Seiten in Kapitel fünf, dass mir heute nicht der Sinn nach Geschichten über die Geister der Natur stand, wenn gleich ich das kleine Windmädchen Sabaa, das darin vorkam, ganz gern mochte und herausfinden wollte, ob sie stumm war oder einfach nur nicht sprach.

Ich versuchte Ulli zu erreichen, um sie danach zu fragen. Mit ein paar geschickt gestellten Fragen hätte ich sicher die ganze Geschichte aus ihr heraus geholt, und heute war mir danach, mir die Spannung auf den Rest der Geschichte zu verderben. Außerdem blieb trotzdem ein Rest Hoffnung auf Spannung, denn Ulli konnte sich nie an den korrekten Verlauf einer Geschichte erinnern. Sie brachte ständig alles durcheinander. Nachdem sie damals im Kino fiebernd mitverfolgt hatte, wie der böse Zauberer im vierten Potter als glitschiges Embryowesen aus dem Kessel gestiegen war und der dunkle Lord wieder auferstand, kam sie zu dem Resümee, dass der Film klasse, aber Dumblemords Baby echt eklig gewesen wäre. Sie vermischte einfach alles miteinander und heraus kam ein Dumblemord ... Ihr Anschluss war besetzt und zwar auch die nächste halbe Stunde lang. Wahrscheinlich rekonstruierte sie die Geschichte des Zauberlehrlings mit ihrer ebenso schusseligen Freundin Moni oder tauschte Hinfälligkeiten mit jemand anderem aus.

Schade, dachte ich, *ich hätte jetzt gern eine verdrehte Geschichte gehört.* Mit beleidigtem Mundwinkel legte ich wieder auf und öffnete eine Flasche Wein. Es kommt selten vor, dass ich Alkohol trinke. Einmal im Quartal vielleicht. Deshalb schlägt er bei mir wahrscheinlich besonders schnell an. Zwei Glas Wein und ich hab sämtliche Lampen an. Als ich mir den Rotwein einschenkte, dachte ich darüber nach, wieso ich immer so schnell betrunken war. Andere konnten das Zeug immerhin zu sich nehmen wie Tafelwasser. Vielleicht verhielt es sich so, wie mit Fettzellen bei einer Diät. Jene, die beim Abschluss eines mühseligen Hungerplanes, ihre Schotten für die Wiederbefüllung am weitesten öffnen. Nur, dass mein Körper Alkohol völlig fehlinterpretierte und in jede Zelle hinein ließ. Wenn sie welchen kriegen konnten, gingen sie so weit auf, dass sie alles gierig aufsogen, so als würden sie schlechte Zeiten befürchten. ... *oh nein! Meine Zellen sind Quartalssäufer! Ich habe Alkoholiker-Zellen!*

Bei diesem Gedanken machte ich ihnen einen Strich durch den Deckel und kippte den Wein mit einem Trichter zurück in die Flasche. Ich ließ ihn für Ralph stehen. Wenn ich es mir recht überlegte, mochte ich Rotwein sowieso nicht. Er war schwer und meistens bitter. Und so starrte ich dann eine Weile still aus dem Fenster auf die Straße und stellte fest, dass mir offiziell langweilig war.

Ralph hatte angekündigt, dass er noch zu irgendeinem neuen Außendienstler wollte, der für ihn mit verkaufen sollte, und deshalb war an Gesellschaft an diesem Resttag wohl kaum noch zu denken. Ich nippte an meinem großen Glas Wasser, dass ich mir an Stelle des Weines eingeschenkt hatte, und spielte mit dem Schluck in meinem Mund herum. Während ich mir meine Tina Turner-Frisur im Spiegelbild des Fensters besah und einige Locken zwirbelte, fiel mir die Decke auf den Kopf. Auf der Fensterbank fingertrommelnd stöhnte ich: »Langweilig!« und entließ einige Geräusche, die ich sonst nur allein im Auto von mir gab, wenn mir die

106

Zeit ebenso lang wurde.

Als ich mich herum drehte und den Raum nach interessanten Dingen absuchte, sah ich meine Rettung in einer Ecke stehen: meine Sporttasche. Sie war seit Wochen gepackt. Genau genommen seit dem letzten, ... ich weiß nicht mehr wie lange schon. Jedenfalls wartete sie seit geraumer Zeit darauf, von mir ins Fitness-Studio getragen zu werden und dort ausgeleert und hinterher mit verschwitzten Klamotten und zwei nassen Handtüchern wieder befüllt zu werden.

Das war die Idee! Ich griff mir den Turnbeutel vom Boden und meinen MP3-Spieler von meiner Kommode im Flur und machte mich auf den Weg zum Sportstudio in der Hoffnung, dass es seit meinem letzten Besuch nicht geschlossen hatte oder umgezogen war. Vielleicht hatte es ja auch den Besitzer gewechselt und mein Chip verschaffte mir keinen Zutritt mehr, weil ich nicht nur nicht den vom Vorbesitzer hatte, sondern den vom Vorvorbesitzer. Das wäre dann peinlich gewesen.

Eine halbe Stunde später passierte ich erleichtert das Drehkreuz am Eingang. Als ich mich umschaute, stellte ich fest, dass sie in der Zwischenzeit nicht einmal umgebaut hatten. Ziemlich nachlässig, denn immerhin gab es sicher viele stille Mitglieder, wie mich, die so gut wie nie da waren und trotzdem zahlten. Genügend Geld, um neue Geräte zu kaufen, wäre daher sicher schnell zusammen.

Nun ja - ich ging zielstrebig auf die Beinpresse zu, weil ich die affigen Bauch- und Pomaschinen für nutzlos und anstrengend halte. Auf denen sieht man aus, wie ein Eintänzer im Sportdress in der Bratfischküche. Nur die Beinpresse konnte alle Problemzonen an Bein und Hüfte gleichzeitig auf Vordermann bringen und einem genügend Kraft verleihen, um mal richtig zuzutreten, wenn man zu später Stunde mal unliebsam im Park überrascht wurde oder wenn ich mit

Reza kämpfte und gewann... ich fragte mich, was er wohl gerade tat.

Voller Enthusiasmus drückte ich die Plattform vor und schaffte drei Sätze mit 210. Ob die Maßeinheit, die an den Gewichten klebte nun Kilo, Pfund oder Gramm waren, war irrelevant. In meiner Vorstellung und auch gefühlt waren es Kilogramm, und ich war fest entschlossen beim nächsten Besuch auf 220 Kilo zu erhöhen.

Wenn ich Reza in dreizehn Tagen wieder sah, war ich nicht bloß kräftig, sondern hatte auch noch den Ultra-Po! Kichernd schwitzte ich vor mich hin und genoss die Vorzüge des städtischen Lebens. Vollkommene Anonymität und Sportstudios, die rund um die Uhr geöffnet hatten. Um sicher zu gehen, dass mich niemand in meiner Anonymität störte und vielleicht doch zufällig erkannte, hatte ich mir eine Schirmmütze auf die Locken gezwängt um sportlicher auszusehen, und ich hatte mir eine Sonnenbrille mit möglichst großen Gläsern aufgesetzt. Es gab Leute, die in Bermudas Sport trieben und Mädchen, die den Gang zwischen den Geräten für einen Catwalk hielten. In dieser Stadt war es somit egal, wer wie auftrat, und nur selten erntete man schiefe Blicke. Ich konnte eine bedeutende Redakteurin sein oder Schauspielerin oder eben einfach ich, nur anonymisiert. Doch meine Aufmachung zog trotzdem Aufmerksamkeit auf sich und mein Unerkanntheitsplan ging nicht ganz auf, verfehlte offenbar seine Wirkung. Denn als ich gerade, die Songs meines MP3-Spielers summend, den Super-Satz an der Beinpresse beendete, der mich an meine Leistungsgrenze trieb, tippte mir jemand auf die Schulter. Ich drehte mich herum und schrie versehentlich: »WAS?«, weil ich die Lautstärke meiner eigenen Stimme schlecht einschätzte.

Erik stand grinsend hinter mir. Ich zog einen Ohrstöpsel heraus und bemühte mich mittels amerikanischem Akzent sofort in eine Verwechslung zu verpuppen: »Sorry! Uwas Uwollen Sey?«

Erik starrte mich einen Moment lang an, und ich hoffte, dass er mich nicht doch noch erkannte, also tat ich so, als würde ich mit offenem Mund Kaugummi kauen und nach Worten suchen.

»Ik bin beschafftickt!«

Irgendwie war es mir peinlich, mich vor Erik als mich selbst zu outen. First of all, weil er seit Jüngstem wusste, wie ich unten herum naked aussehe and on the other hand, weil ich eine afroamerikanische Mähne mit Perücken-Charakter auf dem Kopf hatte.

»Entschuldigen Sie«, sagte er freundlich und machte keine Anstalten, mich als Milva zu begrüßen. »Ich wollte bloß wissen, wie viele Sätze Sie noch machen.«

»Sorry? Ik ferstaye nickt«, log ich.

»I was wondering how many exercises you have left on this dumbbell. According to my fitnessplan, I should be working out here next. It would be my last for today.«

Oh no! My deeper english-Kenntnisse waren während my College-Besuch hinter der Flut des großen Latinums und den Anatomie bezeichnenden Vokabeln versunken. I was lost! Es reichte gerade, um eine Wegbeschreibung von mir zu geben. Also lächelte ich verlegen, nickte und sagte kauend: »Yes! Yes!«

Da mich Erik irritiert ansah, lächelte ich breiter und stöhnte: »Oh, I have finished!«, wischte mir pantomimisch über die Stirn und verkrümelte mich an die andere Seite des Raumes. Ich wählte ein Gerät, von dem ich keine Ahnung hatte, wie es zu benutzen war. Es war das einzige, auf dem mich Erik nicht sehen konnte. Meinen Sport abzubrechen gedachte ich nämlich nicht, da meine Tarnung an sich gut funktionierte!

Das Gerät vor mir sah aus, wie eine verkürzte Liege mit Sprungfedern, auf der man entweder seine Haxen trainierte oder die Yoga-Übung Wolke – ich war mir nicht sicher. Ich legte mich bauchlängs darauf und überlegte, wo ich am besten anfassen und ziehen oder drücken sollte, kam allerdings nicht sehr weit. Das Gerät erschloss sich mir auch nicht nachdem ich noch einmal aufgestanden war und es explizit untersucht hatte; es hing nicht einmal eine Anleitung oder irgend etwas Ähnliches daran. Überhaupt sah es bei näherer Betrachtung sehr technisch aus.

Muss wohl neu sein – also haben sie doch nicht alles Geld für sich behalten.

Ich legte mich einfach wieder darauf und schob die Hebel hinunter, die an den Seiten heraus ragten. Dann zog ich sie wieder hoch und bemerkte einen leichten Trainingseffekt um die Schulterblätter herum. So presste ich die Hebel wieder hinunter und zog sie diesmal etwas kräftger wieder hoch und drückte sie wieder runter und wiederholte die Übungen mehrmals, bis ich beinahe einen Herzinfarkt bekam, denn das Ding unter mir begann zu surren und gab danach ein lautes, pressendes Geräusch von sich, dass mich dazu veranlasste, mich schreiend zur Seite fallen zu lassen und Deckung zu suchen und die Blicke aller Anwesenden auf mich lenkte.

Ein Trainer eilte herbei, um nachzusehen, was in der letzten Ecke des Studios vor sich ging. Weil ich mit verrutschter Brille halb unter dem brüllenden Gerät lag, kam er schneller auf mich zu und bot mir seine Hand an.

»Ist alles in Ordnung? Sind sie über den Kompressor gestolpert?«

Gestolpert? Ich mache Sport! Bitte was? Kom...pressor?

»Wieso ist das Ding denn an?«, fragte er mehr sich selbst, als an mich gewandt und drückte einen Knopf, über dem

On/Off stand. Hätte mir eigentlich auffallen müssen, dass das Sportgerät über keine Gewichte, sondern über einen Einschaltknopf verfügte. Zumal keines der anderen Geräte eingeschaltet werden musste, hätte ich es für ein technisches Gerät halten müssen.

»Den machen wir immer erst nach Feierabend an, weil unseren neuen Geräte mit Druckluft arbeiten und nachts aufgefüllt werden müssen. Haben Sie sich weh getan?«, fragte der Trainer besorgt.

»Nein, alles in Ordnung. Wirklich«, beruhigte ich ihn, als er mir hoch half.

Ich rückte meine Sonnenbrille gerade und trippelte einfach in den nahe gelegenen Raum für die Bauchübungen hinein. Dabei drehte ich mich noch einmal herum und nickte ihm lächelnd, allerdings mit hoch rotem Kopf, zu.

Wie unangenehm!

Alle hatten es gesehen.

Herr Gott noch mal, so etwas muss einem doch gesagt werden, dass Druckluftpumpenkompressoren herum stehen. Ich legte mich auf eine der Aerobic-Matten, von denen ich sicher gehen konnte, dass sie wirklich Matten waren. Im Folgenden zog ich es vor, mich auf mich selbst und meine Bauchmuskeln zu konzentrieren, die im übrigen den Schrecken nicht sehr gut vertragen hatten, denn sie schmerzten sehr und gaben schnell auf. Aber so ist das nun mal, wenn man einen Schock erfahren hat. Der Körper hat seine eigenen Grenzen, die er einem dann mitteilt. In dem Fall hatte Hilmar Recht behalten. Ich hielt mich an sein Credo und hörte auf meinen Körper: Training allen Vorsätzen zum Trotz schleunigst beenden!

Auf meinem Weg zurück in die Umkleideräume huschte ich freundlich winkend den Tresen entlang, an dem der Trainer stand und lief dann die Treppe hinunter. Unten angekommen warf ich meine Wertsachen und die Sonnenbrille in den Spind, riss mir die Sportklamotten vom Leib, wickelte mich in ein Badelaken und ging schnurstracks in die Sauna. Allerdings waren mir 90°C bereits nach exakt einer Minute zu viel. Mein Körper war vom Schrecken noch geschwächt, und meine Haare kräuselten sich noch mehr bei der Hitze.

Na gut, dachte ich, *dann eben duschen und nach Hause.*

Ich stolperte in den Duschraum, der am nächsten lag und ging mit gesenktem Blick und mit mir selbst beschäftigt unter die Dusche. Das Wasser war herrlich und wusch den Schreck größtenteils von mir ab, als es über mir herab prasselte. So lehnte ich mich mit den Unterarmen und lang gestrecktem Rücken gegen die Fliesen und gab einen entladenden Genusslaut von mir. So etwas zwischen einem erleichterten Stöhnen und einem Seufzer, nur ziemlich laut.

Hinter mir räusperte sich wer. Und dann räusperte sich noch jemand – allerdings nervös, und als ich mich umdrehte und auf sah, tönte das hektischste Kreischen, dass ein Mädchen von sich geben kann, aus meiner Kehle und drang bis zum Kompressor in der obere Etage empor. Ich machte einen Satz quer durch die Dusche und landete in meinem Handtuch, während drei ältere Herren sich Kopf schüttelnd aus der Männerdusche trollten. Einer kam noch einmal zurück, weil er sein Duschgel vergessen hatte und gaffte mir auf die halb bedeckten Brüste. Ich hab genau gesehen, dass er sie im Kopf mit einem erregten »Titten! Titten! Titten!« tituliert hat, denn beinahe musste ich seine Augen zwischen meinen Brüsten heraus angeln, um sie ihm hinterher zu werfen.

Als er weg war und die Tür sich schloss, war ich noch diffuser, als zuvor neben dem Kompressor, aber als wäre dies nicht genug, sah mich ein weiteres Augenpaar an und seifte sich dabei lustig mit den Händen Brust und Gemächt ein. *Glückwunsch Lotti, der Hauptgewinn: Erik!*

»Milva Lotti«, grinste er und wischte sich Schaum aus dem Gesicht. »Das heute Nachmittag bei Reza war mir peinlich, aber langsam fängt die Sache an, mir Spaß zu machen.«

Ich sah ihn mit klimpernden Kuhaugen an und kämpfte gegen einen Datenstau in meinem Sprachzentrum, weil sich mein gebrochen-deutsch-englischen Vokabular mit der Antwortkartei meines Entschuldigungsrepertoires in meinem Kopf stritten, also blieb ich stumm und ließ zu allem Überfluss auch noch das Handtuch fallen.

Erik ließ das Wasser über seinen definierten Körper fließen und befreite sich gänzlich der verdeckenden Schaumhülle. Dann schüttelte er in Zeitlupe seinen Kopf und kam auf mich zu, um mir sein Handtuch anzubieten.

»Hier«, sagte er und sah an mir herab. »Deins ist nass. Ich hab noch eins im Spind.«

Ich begann zu frieren.

»Jetzt hab ich alles gesehen. Wir sind damit so ganz und gar quitt, denke ich. Manchmal ist das Schicksal eben für Gerechtigkeit. Am I not right, Miss?«, fragte er frech grinsend und warf mir einen Blick zu, der nicht dem eines Kostverächters gleich kam. Dann schob er süffisant lächelnd nach: »By the way: your boobs seem to be the best boobs in the business. ... for your age. Nicht schlecht!«

Von einem Zwinkern begleitet verließ er den Duschraum und ließ mich sowohl mit seinem trockenen als auch mit meinem nassen Handtuch allein zurück. Nach einigen Minuten der Starre hatte ich mich wieder gefangen und fegte in die Damenumkleideräume. Ich riss meinen Schrank auf und verfluchte meine Blödheit ebenso, wie die Frechheit, die sich Erik erlaubt hatte. In meinem Kopf wimmelte es vor bissigen Bemerkungen und Entgegnungen von missbilligend bis kess, die einem immer erst nach einem solchen Vorfall einfallen. Mein Wortschatz bot einiges an Sprüchen, vor denen sich Erik besser in Acht genommen hätte, sofern ich sie denn über die Lippen bekommen hätte. Die Dame neben mir räumte die Bank vor unseren Spinden und verzog sich angesichts meines Wutstöhnens und Handtuchgestopfes an einen sichereren Ort. Ich ließ mein Haar handtuchtrocken, riss meine Kleidung nur so an meinem Körper hinauf und verließ das Fitness Studio fauchend wie eine flammende Mietze.

For your age ... so ein Ferkel! Was gehen den meine Möppies an?, dachte ich und stapfte Richtung Supermarkt. Als ich dort in einem Kühlregal nach einer Fitnessmolke kramte, ermahnte mich eine wohlbekannte Stimme zur Vorsicht: »Nasse Haar und Kühlregal – das gibt eine Erkältung. Vorsicht!«

Erik Kutscher schob seinen Einkaufswagen unbehelligt weiter zu den Antipasti, von denen ich mir eigentlich auch welche holen wollte, doch ich entschied mich, unverrichteter Dinge den Laden zu verlassen und wo anders einzukaufen. So viel Peinlichkeit hintereinander weg geht niemals auf irgendeine Kuhhaut.

Dann flüchtete ich mit der S1 und ab Eidelstedt dann mit der A1 weiter über die kritische Grenze zum Stadtrand, um ein wenig Zerstreuung zwischen billigen Kerzen und Modemöbeln beim schwedischen Möbelhaus zu finden. Doch auch dort blieb ich nicht verschont. Erik kam mir mit einem Bilderrahmen im Arm entgegen. Genau genommen rannten wir aneinander, und er bemerkte: »Wenn man sich so oft zufällig trifft, dann nennt man das Kismet.«

Ich war vollkommen durcheinander und angestochen. Versehentlich verstand ich *kiss me*, weil ich bei seinem Anblick noch immer in den Englisch-Modus schaltete und so ließ ich meine Kerzen fallen und drückte ihm einen Kuss auf. Ich war mir nicht sicher, was für ein Kuss das sein sollte, aber als es einfach geschah und Erik nicht einmal schlecht zurück küsste und seine kräftigen Hände dabei an meinen Hals legte, wurde mir alles egal. Zumindest für einen Moment.

Denn gleich darauf kam ich zur Besinnung. Wie von einem Elch getreten sprang ich von Erik zurück und ergriff die Flucht. Im Stechschritt wetzte ich in die Badezimmerausstellung und setzte mich schwindelig auf einen Toiletten-Dummy. Der Macht der Gewohnheit wegen hob ich den Deckel sogar hoch, bevor ich mich setzte.

Einige Minuten verstrichen in Stille, und ich nutzte sie, um meine Gedanken zu sortieren.

Kurz darauf kam er hinzu.

Ich vergrub mein Gesicht in den Händen und drehte mich von ihm fort.

Er nahm auf dem Badewannenrand Platz. Als ich aufsah, geriet ich in seinen Sturm-und-Drang-Blick.

»Ich dachte, du bist schwul«, sagte ich vollkommen verklärt. »Aber so küsst mich doch kein Schwuler.«

»Versteh mich jetzt nicht falsch, wenn ich sage: so küsst dich zur Zeit gar niemand, möchte ich meinen«, antwortete er selbstsicher und machte es sich in der Badewanne bequem.

»Nein«, antwortete ich spontan, wahrheitsgemäß und wie ich sagen muss peinlicher Weise. Ich betrachtete ihn und überlegte ob er noch 19 oder schon 21 Jahre alt war. Wie auch immer, ich konnte seine Halbmutter sein. Da wir uns gerade geküsst hatten, wie es bestenfalls Verliebte tun, jedoch niemals Mütter und Söhne, raffte ich den jugendlichen Anteil in mir zusammen und warf etwas aus, dass sich anhörte wie: »Dläblübülä brä-ülü düdlü! Hähähä ...!« Die

Sache war mir total peinlich aber irgendwie war sie auch aufregend. Spontan und neu und jung und frisch und ...

Mein Verstand schaltete sich ein: ich war im Begriff demselben zu unterliegen, wie Hilmar und Konsorten. Ich war mir sicherer denn je, gefunden zu haben, was ich gesucht hatte. Diese ominösen Verführer meiner Klienten und Erik waren ein und derselbe.

Ich fragte ihn konkret: »Hast du in letzter Zeit einen Mann um Duschgel gebeten, und hat er dabei eine Erektion bekommen?«

»Was?«

»Hast du einen Polizisten beim Spazieren gehen an der Elbe verführt?«

Er sah sich fragend nach mir um. »Wie bitte?« Dies erkannte ich als Ja-Vertuschungs-Versuch.

»Warum triffst du dich mit Olaf Gaspricky?«

»Nun«, eröffnete er seine Antwort und zog sein Polo-Hemd am Kragen glatt. »Olaf ist ziemlich gut im Bett, und die anderen beiden waren Schnäppchen.«

»Schnäppchen. ..«, doppelte ich nickend und starrte den Duschvorhang an.

»Ich weiß nicht«, fuhr er achselzuckend fort und setzte einen naiv-gleichgültigen Blick auf. »Sie sind mir so in die Quere gekommen.«

»In die Quere ...«, wiederholte ich ihn erneut und strich mir über das Kinn. Dann trafen sich unsere Blicke und er sah mich an, als wollte er sagen: Ist doch egal. Sie sind ja jetzt nicht hier.

Ihn umgab etwas, dass vollkommen in den Bann zog. Ein unheimliches und seltsam unschuldiges Selbstbewusstsein, dass ihm einen Ausdruck verlieh, als würde die Welt still stehen, wenn er es nur wünschen würde. Eines, das ihm die Macht gab, genau so drein zu schauen, wie er es tat, ohne dabei aufgesetzt zu wirken. Den Blick und das Empfinden am pochenden Puls der Zeit, voller Leichtigkeit. Erik vereinte in seinem Blick den Inbegriff der Lebenslust.

Ich fiel in seinen Blick hinein, wurde jedoch unwirsch wieder heraus gerissen, weil Erik geschäftlich wurde.

»Kann ich dich mal anrufen? Dein Kartenblatt war ziemlich aufschlussreich.«

Ich kratzte mich verlegen hinterm Ohr und tat so als würde ich eine Haarsträhne dort hin wischen. »Ach wirklich?«

»Ja«, schob er den Duschvorhang zur Seite. »Der Pik-König ist schon da. Ein Unternehmer. Ich treffe ihn heute Abend.«

»Olaf Gaspricky?«

»Nein.«

»Wer denn?«

»Ich kenne seinen Namen nicht.«

Im Kopf folgte ich seiner Geschäftlichkeit und legte eine Klientenkartei-Entwurf an:

ERIK KUTSCHER, * ??.??.????, ?????????
    - SEXUELLE ORIENTIERUNG UNKLAR
    - HAT HILMAR, YASSINE UND
      OLAF GASPRICKY VERFÜHRT (UND ICH WEISS
      AUCH WIE!)
    - ??? ????????? ????????
    - HUND: GOLDEN RETRIEVER NAMENS REIKI
    - ???????? ??????? ???? ?????????
    - KÜSST GUT!

»Warum weißt du nicht, wie er heißt?«, presste ich heraus.

»Ich nenne ihn Meuser. Darüber sind wir nie hinweg gekommen.«

Eine Gänsehaut zog sich von meinen Schultern bis hinunter zu meinem Bauchnabel. »Meuser? Was ist denn das für ein Name?«

»Na ja, sein Name ... fürs Erste.«

»Aha, okay. Ja sicher kannst du mich anrufen. Hat Reza dir meine Nummer ...«

»Längst gegeben.«

Ich war ein wenig beleidigt, um nicht zu sagen: bedient! Gerade hatte ich den Kuss meines Auf-die-Vierzig-zugehenden-Lebens erhalten, und wir waren am intimsten Ort, den man sich in trauter Zweisamkeit vorstellen konnte, und jetzt wollte er mich anrufen, und ich sollte sein seelischer Mülleimer sein für ein Ding das er mit einem Typen namens Meuser hatte!

Das Schicksal war nicht immer für Gerechtigkeit, sondern für brutale Konfrontation. Ich versuchte meine innere Aufruhr zu fassen. Sie war überraschend hartnäckig und tatsächlich hatte Erik es geschafft Gedanken in mir auszulösen, die ich das letzte Mal mit siebzehn gehabt hatte. Zudem fragte ich mich, weshalb er mich zurück geküsst hatte. Sprach es nicht vollkommen gegen das, was er sonst tat? War er neugierig? Gab die Jugend ihm das Recht alles zu ergreifen, was ihm gefiel? Gefiel ich ihm?

Noch bevor ich ihn etwas anderes fragen konnte, störte ein älteres Pärchen unsere Ruhe. Sie kamen mit einem Notizzettel in Händen herein spaziert, als wäre dies eine öffentliche Ausstellung.

Die Dame schluckte einmal, als sie mich entdeckte und der Herr drehte sich großäugig herum und schlurfte zurück in das vorgetäuschte Schlafzimmer, als er mich auf der Toilette sitzen sah. Ich musste nicht lange überlegen, um die erschrockene Dame mit einem gekonnten Satz von der Peinlichkeit abzulenken: »Soll ich taubenblau oder azurblau nehmen, um mein Bad zu streichen? Was meinen Sie?«

»Sie sitzen ja auf der Toilette«, entgegnete sie ratlos.

»Ach ja. Haben sie mal Toilettenpapier? Hier ist keines«, antwortete ich bemüht witzig zu sein und deutete auf den leeren Rollenhalter.

In diesem Moment kam Erik mir zur Hilfe. Er zog den Duschvorhang von der Wanne fort und tat mit geöffnetem Hemd so, als hätte er sich gerade ein Lavendel-Babybad eingelassen. »Ich bräuchte ein Handtuch. Ich bin gleich fertig«, sagte er mit herzigem Blick.

Statt mitzuspielen, keuchte die Dame und schob sich mit geröteten Wangen aus dem Debakel hinaus. Erik verschwand wieder kichernd hinter dem Duschvorhang. Gleich danach stand ich auf, denn mich packte der Drang, von hier fort zu laufen.

»Ich habe genug für heute!«, sagte ich flüchtig und ging zum Badezimmerausgang.

Mit einem verstohlenen Blick lugte Erik hinter dem Duschvorhang hervor und sagte: »Aber es fängt doch gerade erst richtig an!«

Ich blieb stehen.

»Wir können machen was wir wollen, und das so lang es geht, denn wir verlieren jede Minute, die an uns vorüber tickt. Und keine davon kehrt zurück. Wir sollten ausschöpfen, was uns an Spaß zur Verfügung steht, Milva, und nicht wegrennen! Es ist alles in Ordnung, denke ich.«

So, das war's! Die zweite Unverfrorenheit des Tages! Erst küssen und dann alles mit jugendlichem Leichtsinn relativieren und keck werden. Das hier ist intim!, dachte ich erbost, schob jedoch bloß den günstigen Chiffon-Vorhang, der mich vom Schlafzimmer trennte beiseite und die Worte über die Schulter: »Ruf mich an wegen Meuser! 2005 ...«

»... 669«, schloss er, und ich sagte nur noch: »Tschüß!« Dann floh ich aus unserem Kismet zurück in die Einöde meiner alteingesessenen, zahnlosen Gemächlichkeiten.

*Was für ein Auftritt?! Was für ein Kuss! Was für ein Mann!
... junger Mann. ... was für eine Farce!* , klopfte ich mir
zu Hause selber an die Stirn und war versucht Reza anzurufen, doch bei dem Gedanken an die anberaumten dreizehn beleidigten Tage, ließ ich von meinem Telefon ab und
schlüpfte ins Bett. Ralph war noch nicht wieder zu Hause.

Endlos erscheinende Minuten zogen an mir vorüber, und
ich dachte über den qualitativ hochwertigen Kuss nach. Es
war nicht bloß ein einfacher Kuss gewesen, sondern kam
einem Zauber nahe, der eine Aufregung in mir entfach-
te, derer ich mich nur schwerstens entledigen konnte. Er
gönnte mir einfach keine Ruhe, und als mein Mann von
seinem Treffen mit irgendwem um halb zwölf antanzte und
mich mit einer leichten Bierfahne zu küssen begann (ich
wunderte mich, dass sie ihm den Führerschein noch nicht
abgenommen hatten!), war ich wieder vollkommen zurück
in dem, was ich hatte und eigentlich mochte: in meinem
Leben.

Ich glaube, Ralph und ich liebten uns in dieser Nacht das
einzige Mal so innig, wie es Verflossene in einer Bonus-
nacht tun, wenn sie schon lange kein Pärchen mehr sind
und es noch einmal vollkommen gelöst voneinander drauf
ankommen lassen wollen. Es fühlte sich an, wie von jeglichen Hemmungen befreit. Anders ausgedrückt: Hochzeit
im Bett. So als würde es kein Morgen geben, und als würde
man dabei tief in das Empfinden des anderen eintauchen,
als wäre man schon immer eins gewesen.

Derselbe Mensch, der über den idealen Gatten sprach und
über Frauen nd Männer und deren Tragödien, sagte auch,
dumme Menschen wären brillant beim Frühstück, aber ich

muss das berichtigen: Bonusnächte sind immer die brillan-
testen Nächte. Das Frühstück danach bleibt jedoch kühl
wie alle anderen.

Kapitel Acht
74 Minuten

Wissen Sie eigentlich, warum die älteren, normalen CD-Rohlinge Platz für 74 Minuten Laufzeit haben? Diejenigen, die es im Leben ganz genau nehmen, schauen jetzt nach und entdecken 80 Minuten Platz auf ihren Rohlingen – das sind wahrscheinlich neue. Ursprünglich hatte man sich jedoch auf 74 Minuten Mindestlaufzeit geeinigt, ich glaube darüber wurde sogar eine deutsche Industrienorm gezeichnet. Jedenfalls gibt es einen triftigen und schmucken Grund dafür.

Wenn Sie ein deutscher Industrienormler wären, was würde Sie dazu veranlassen 74 Minuten anstelle von 70 oder runden 80 als Norm zu deklarieren? Denken Sie mal drüber nach!

Ich jedenfalls weiß es jetzt ganz genau, denn tags drauf bekam ich den vorangekündigten und dummer Weise von mir bejahten und insgeheim sehnsuchtsvoll erwarteten Anruf von Erik. Im Hintergrund spielte gerade Beethovens Neunte Sinfonie. Etwas zirzensisch vielleicht.

»Hallo, Milva«, sagte er gelöst. Und dann als wäre nichts zwischen uns passiert: »Ich habe ihn gestern noch getroffen, aber er war sehr verklemmt. Deshalb war ich etwas verunsichert, und er ist früh wieder gegangen. Na ja, aber ich bin sicher, dass wir uns wieder sehen.«

Ich zückte meine Karteikarten und den Stift um die Fragezeichen aus meiner imaginären Kundenkarte für Erik zu überschreiben. Dann dachte ich darüber nach, dass er der einzige Klient war, den ich je bewusst gesehen hatte, mit Ausnahme von Olaf Gaspricky. Bei den anderen nahm ich es nur an. Außerdem war Erik der Einzige, den ich außer meinem Mann geküsst hatte, seit ich verheiratet war.

»Wie ist es also gelaufen?«, fragte ich nach, ohne seiner Antwort Gehör zu schenken, denn ich war noch mit seiner Karte beschäftigt. Ich kritzelte auf dem Papier entlang, bis seine Worte auf mein Gehör stießen: » ... er ist Geschäftsmann und hat wenig Zeit!«

»Danke, das kenne ich sehr gut! Mein Mann ist auch ein Geschäftsmann mit wenig Zeit, und ich bin mir manchmal nicht sicher, ob Geschäftsmänner wirklich wenig Zeit haben oder nur ein total durcheinander geratenes Zeitgefühl. Manche von ihnen grapschen anderen an den Po, während ihre Lieben zu Hause auf sie warten. Aber das will man ja nicht unterstellen. Das sind wahrscheinlich auch nur die Leiter der Besetzungs-Couches.«

Ich stockte, denn ich wurde gewahr, dass ich Privates ausplauderte. » Nun ja, ich kenne das Gefühl also.«

»Ich denke, sein Gefühl für Zeit ist sehr gut, denn er ist gestern pünktlich zu seiner Frau abgehauen, ohne vorher auf die Uhr zu schauen.«

»Zu seiner Frau?«, staunte ich und überlegte, ob vielleicht tatsächlich ein gewisses Hormon in das Hamburger Grundwasser geraten sein mochte, welches die Männer dazu zwang, die Welt vorübergehend homoerotisch zu betrachten. Normalerweise ging es bei solchen Abwasserskandalen meist um Vergiftungen. Das hier wirkte in gewisser Weise jedoch ebenso lebensbedrohlich: Eine Frau, die nur betrogen wird ist noch eine Frau, aber eine Frau die am anderen Ufer hintergangen wird, so wie es bei meinen Klienten neuerdings geschah, war eine Frau, die bald ohne Mann dastand. Hormone in deutschen Gewässern halte ich allerdings für ebenso ausgeschlossen, wie Triebvieh auf Hamburger Straßen. »Es gibt eben Männer, die machen, was sie wollen«, tat ich meinen erschreckenden Gedanken ab.

»Aber ich will, dass er macht, was ich will.«

Eriks Antwort klang genau nach meinem Geschmack: Wie eine freche Reaktion auf eine Verfahrenheit. Also legte ich die Karteikarte zur Seite und widmete mich interessiert seiner Erzählung.

»Da ist ein Ungleichgewicht, Milva. Ich weiß fast gar nichts von ihm, aber er weiß so gut wie alles von mir.«

»Nun, manchmal bevorzugen es Männer eben, im Vorteil zu sein. Tatsächlich meine ich solche Situationen wie nach deiner Bemerkung in der Dusche. Dabei geht es um Macht und deren Ausübung.«

»Welche Dusche? Die im Studio oder die bei Ikea?«, erfasste er meine Bemerkung scharfsinnig, und ich schraubte meine unvorsichtige Beiläufigkeit zurück.

»Weißt du, die meisten Männer mögen es, sich in eine gewisse Art von Ungewissheit zu hüllen. Das ist wirklich nicht selten«, kehrte ich zur früher verlangten Geschäftlichkeit zurück.

»Also, er hat mich geküsst, und dann plötzlich sprang er auf und musste gehen. Ziemlich blöd, wenn du mich fragst.«

»Ziemlich clever, wenn du mich fragst!«

»Warum clever?«

»Weil er, wenn er eine Frau hat, darauf getrimmt ist, nach Hause zurück zu kehren.«

Erik schwieg einige Momente lang, und dann hörte er sich kreidebleich an, als er sagte: »Also geht er danach zurück zu seiner Familie und meint es auch noch so?!«

»Ist sogar wahrscheinlich, wenn er Kinder hat«, antwortete ich.

»Ich habe ihm gesagt, dass ich weiß, dass er denkt, dass ich übertreibe, wenn ich von Gefühlen anfange und habe ihm dann förmlich mein Herz offenbart in dieser abgewackelten Spelunke!«

»Wieso, wo wart ihr denn?«

»Im Vogelladen, der erbärmlichsten Absteige der Stadt. Manchmal trifft man da auch Menschen mit guter Aura, aber bloß sehr selten. Ehrlich Milva, das ist der Auffangkorb für zerstörte Existenzen. Der Laden strotzt vor Trümmertunten, die einander nicht leiden können, aber trotzdem versuchen untereinander klarzukommen.«

»Was suchst du dann da?«, fragte ich gelangweilt.

»Er will sich eben nicht in der Stadt treffen ... Muss ich wirklich begründen, warum er sich nichts traut?«

Ich hörte einen amüsanten Hauch erregten Trotzes in Eriks Stimme und entsprach ihm räuspernd: »Chrmm chhrmm,... sich nichts traut? Wenn er mit dir dort hingeht, dann finde ich das schon sehr einschlägig, und damit auch mutig von ihm. Jeder könnte ihn erkennen. Allerdings denke ich auch, dass für ihn alles so bleibt, wie es vorher war, wenn ihr dorthin geht, weil diese Läden wie eine andere Welt sind. Für jedermann!«

»Ja«, pflichtete er mir bei. »Jeder der dort hin geht, taucht in seine ganz eigene Welt ein. Woher das kommt ist ein anderes Buch, aber letztendlich ist er einfach kreidebleich davon gewichen, als ich ihn gefragt habe, wie er sich das mit uns beiden vorstellt. Ich meine, wie will man das Schicksal an ausschließlich heimlichen Treffpunkten schon überführen, ohne es Lügen zu strafen? Mal chrlich?«

»Also, ich weiß nicht.« Tatsächlich wusste ich das erste Mal in meinem Leben keine Antwort – die Überraschungsmomente ausgenommen.

Erik fuhr ungeachtet meiner Sprachlosigkeit fort: »Was hat er denn gesucht, als er mich heimlich dort und in seinem Auto oder an der Rundballe getroffen hat?«

Ich war verwirrt. »Rundballe? Was ist das: Rundballe?«

»So was wie ein Heuballen, nur rund und riesengroß, statt

eckig. Vielleicht hast du sie mal auf den Feldern gesehen. Sehen aus wie riesenhafte Lockenwickler.«

Ich überging mein persönliches Outing über nicht vorhandene Ausflüge aufs Land. »Wie habt ihr euch denn kennen gelernt?« Ich wollte Zeit heraus schinden, weil ich noch immer nichts mit dem Begriff Rundballen anzufangen wusste. »Habt ihr euch im Chat getroffen oder vielleicht sogar zufällig?«

»Das war wirklich ein Zufall. Ich war auf dem Weg von einer Party, die ich am liebsten vergessen möchte, zurück nach Hause und bin zu Fuß unterwegs gewesen. Und da stand er dann an eine Bank gelehnt neben einem Waschsalon und im Anzug. Anzug, Milva – das ist total sexy.«

Ich überlegte kurz, ob ich Anzug oder Smoking besser fand, kam jedoch zu keinem Ergebnis, weil Erik mir ins Ohr greinte: »Er hat gesagt, ich sei verrückt, so spät allein in der Stadt unterwegs zu sein. Er hat mich ein Stück des Weges begleitet. Er ist ein echter Gentleman, kleidet sich auch so. Beim Gehen sind wir ins Gespräch gekommen. Aber jetzt sage ich dir mal, was am Ende dabei herauskam für mich: Muskelprotze, Polizisten, all der Krempel ... das habe ich alles satt, ehrlich! Ich spüre, wie ich ihn vermisse, sobald sich unsere Wege trennen, und ich kann kaum noch schlafen, dabei bin ich gar nicht der Typ für Beziehungen und so!«

JUGENDLICHE MEHRGLEISIGKEIT UND VOLLKOMMENE UNTERSCHÄTZUNG VON UNVERBINDLICHEM VERHALTEN, notierte ich, während er weiter sprach: »Es hat einfach geknallt, als er aufgetaucht ist, und jetzt bin ich verliebt. Überall Sternchen und rosa Wolken und Kribbeln im Bauch ... Ich will mit ihm zusammen sein. Was soll ich tun?«

»Wie bitte?«, fragte ich verwundert nach. »Das strotzt ja vor Sentimentalität!«

»Ich hab ihm ja gesagt, dass alles bleiben kann, wie es vorher war.«

Unsicher, ob ich Erik noch folgen konnte und auch ein wenig beleidigt darüber, dass er zum einen rosa Wolken sah und zum anderen fremde Frauen bei Ikea verführte, sagte ich einfach: »Ach so!«

»Ja, aber auch, dass die Weichen in unserem Leben neu gestellt worden sind, als wir uns das erste Mal begegnet sind und keiner von uns beiden mehr etwas daran ändern kann. Ich meinte natürlich diese Weichen, die auf unsere gemeinsame Schiene führen, aber das hat er nicht verstanden, glaube ich. Er hat gesagt, ich würde träumen. Was sagst du dazu?«

Doch, er hat es sehr gut verstanden! An seiner Stelle hätte selbst ich die Flucht ergriffen!, dachte ich, kam jedoch gar nicht dazu, eine Antwort zu geben, denn Erik führte seine Erzählung unbehelligt mit einem Fragenkatalog fort: »Was hat er denn gedacht? Dass das alles so an mir abschmiert, wenn er mich ein zweites Mal trifft? Dass ich einfach nur da bin, wenn er mal Bock auf mich hat? Dass ich ein Unternehmen in Mexiko habe, das Drogenfahndungen durchführt?«

»Wieso? Wäre es denn anderenfalls anders gewesen?«

»Mit Drogenunternehmen? Das war ein Beispiel.«

»Nein, wenn es an dir abperlen würde. Wieso hast du ein Drogenfahndungsunternehmen in Übersee?«

»Hab ich doch gar nicht. Natürlich wäre das was ganz anderes gewesen. Ich hätte ganz andere Möglichkeiten, um ihn zu werben. Milva, jetzt ich bin nur eine billige Affäre! Eine Affäre, weiter nichts. Das macht mich fertig. Zumindest dieses Mal.«

Bei diesem Satz war ich wieder voll bei der Sache, hielt kurz inne und gab die beste Antwort meines Lebens: »Vielleicht fällst du ihm ja schwer.«

Ein empörtes »Was?« schlug an mein Trommelfell.

»Na ja, es könnte ja so sein, dass er ein ganz normale Leben geführt hat, bis er dich getroffen hat. Jetzt, da du aus der Torte gesprungen kamst, fällt es ihm vielleicht schwer, seinen Plan weiter zu verfolgen. Niemand ist ein Freund von großen Veränderungen, schon gar nicht wenn sie an das andere Ufer führen. Das ist Neuland für ihn.«

»Was meinst du?«, fragte Erik verdutzt.

»Also, wenn er so auftritt, wie du es beschreibst, dann hat er aller Wahrscheinlichkeit nach eine Frau zu Hause sitzen, die ihm ein Magengeschwür beschert, für das er Monat für Monat auch noch kräftig zahlt. Anderenfalls würde er nicht ausbrechen, wenn doch alles so perfekt wäre. Also nehmen wir ruhig an, sie wäre eine Frau, die den Hals nicht voll kriegt – du sagst doch, er hätte eine?«

»Ja!«

In mir zogen sich alle Fasern zusammen, um zu verfluchen, was die obligatorisch aufgestellten Bilderrahmen in Pärchenhaushalten auszudrücken versuchten. Sie waren bloß Momentaufnahmen, die keine Entwicklungen kannten: »Manchmal liegt man nur noch nebeneinander im Bett, wenn man verheiratet ist und vergessen hat sich darum zu scheren. Wenn man keine Liebe mehr füreinander übrig hat, weil alles verbraucht ist, weißt du? Dann sucht man nach einem Abenteuer oder einer Abwechslung. Wenn dieses Abenteuer sich dann verliebt, weil es ein nicht kalkulierbares Eigenleben hat, wird es möglicherweise eng.«

»Ich bin keine einfache, geeignete Abwechslung für Willensschwache.«

Aber ein Verführungsmoster, dass sich seiner Macht nicht bewusst ist.

Ich überhörte das gleichzeitig stinkende Eigenlob und spielte mit meinen Locken.

»Milva, was genau treibt einen Mann dazu, verheiratet zu

sein und herumzumachen und trotzdem verheiratet zu bleiben, wenn es ihn doch eigentlich zu mehr hindrängt. Die Wiedersehensfrequenz ist ja nicht auf meinem Mist gewachsen. Es waren seine Vorschläge. Wie kann ich denn überhaupt noch etwas glauben, wenn er sich in seine scheinbar gefestigte Ehe verkrümelt?«

Ich brauchte einen Moment, um Eriks Wortflut aufzunehmen. Tatsächlich zeichnete sich seine Unerfahrenheit nun deutlich ab.

Er hatte keinen Schimmer von wirklicher Gelassenheit. Für ihn war alles dramatisch, sofern es nicht lief, wie er es sich ausmalte. Trotzdem war seine Frage berechtigt. Warum tun Männer das eigentlich?

Sekunden später hatte ich die Antwort parat. Sie war eingestaubt, und ich hatte nie gedacht, dass ich sie eines Tages wieder heraus holen würde: »Sie haben alles, was sie wollten. Ein perfektes Leben, so wie sie es sich vorgestellt haben. Aber ihnen fehlt vor dieser Leere der Erfüllung das Gefühl, etwas zu wollen. Deshalb gehen sie ein Abenteuer ein, das den Nervenkitzel mit sich bringt alles zu verlieren, was sie haben oder es komplett in Frage zu stellen. Ich bin der Meinung, dass Männer nicht immer über das nachdenken, was sie tun. Sie denken nur darüber nach, ob sie etwas tun oder nicht. Deshalb finden sie sich dann in verkorksten Situationen wieder, weil sie nicht richtig nachgedacht haben, und weil sie nicht beachtet haben, dass Dinge sich von allein entwickeln. Ich glaube, Männer sind der Meinung, dass sie alles im Griff haben. Haben sie aber nur selten.« Ich ging über in die Reflexionsphase unserer Seelsorge: »Nun stell dir vor, du solltest deinen Lebensplan in Frage stellen, obwohl du eigentlich nur eine unverbindliche Abwechslung wolltest, Erik.«

»Aber er hat mich doch angesprochen und begleitet und

geküsst und alles. Und er war es auch, der mich wiedersehen wollte.«

»Das ist ja der Punkt. Auf einmal sind sie im Lauf dessen, was sie eigentlich nicht gewollt haben, tun es aber trotzdem, weil sie eine Grenze, die erstmal überschritten ist auch weiter austesten. Das ist höhere Genetik. Wenn er also in diese Situation kommt und alles plötzlich anders ist, weil er nicht damit gerechnet hat, dann ist das schlimm?«

Ich kratzte alles Mitgefühl in mir zusammen, das mir zur Verfügung stand, denn es widerstrebte mir, ausgerechnet Erik Tipps in Sachen Liebe zu geben. Ich musste einen Weg da hinaus finden.

»Wenn du ihn wirklich von seiner Frau und seinem nun wankenden Lebensplan lösen möchtest, hast du nicht unbedingt viele Möglichkeiten. Also musst du alles auf eine Karte setzen und dich trauen, etwas zu unternehmen, das genau so einschlägig ist, wie eure Spelunke!«

Meine Lippen formten Worte, denen ich mit großen Augen hinterher schaute. Ich konnte nicht glauben, was für einen durchtriebenen Ratschlag ich von mir gab. Vor allem nicht, nachdem mir Erik erzählte, er habe Meuser gesagt, dass er ihn lieben würde. Etwas zu früh für meine Begriffe, denn mir persönlich wären an Meusers Stelle spontan zwei zusätzliche Beine gewachsen, um vor verfrühten Liebeserklärungen zu fliehen. Trotzdem fand ich es ganz niedlich, wie Erik es mir erzählte. Es schäumten sowohl in mir, als auch in ihm Ideen auf, die sich Meuser wahrscheinlich nicht gewünscht hätte! Dann schwenkte Erik um und stellte mir gezielte Fragen, und auf einmal war alles umgekehrt, denn ich war eigentlich diejenige, die Fragen mit Gegenfragen entschärfte, um das Gegenüber dazu zu bringen klarer im Kopf zu werden.

Was erschwerend hinzu kam, war, dass ich mit der Zeit immer eifersüchtiger auf Meuser wurde, denn schließlich hatte sein Liebesknabe mich geküsst und damit ein artfremdes Feuer entfacht, das bitte nicht zu unterschätzen ist. Nicht bloß weil ich Milva Lotti bin, sondern weil ich eine Frau bin und somit am anderen Ufer mit ganz anderen Waffen auffahren konnte.

Ich kam nicht dazu, meine Position in diesem Spiel weiter zu definieren, denn Erik trat mit harten Fragen an mich heran, die mein Privatleben anrührten: »Was machen Geschäftsmänner für gewöhnlich? Welche Gewohnheiten haben sie? Was geschieht, wenn sie etwas nicht wollen, und was geschieht, wenn sie etwas wirklich ganz und gar missbilligen oder ablehnen? Wie zielsicher sind sie mit ihren Ideen und wann kann man selber sicher sein, ob sie etwas wollen oder nicht? Wie sicher setzen sie Entscheidungen um? Und wann entscheiden sie sich überhaupt für oder gegen etwas? Was ziehen sie in ihrer Freizeit an? Worin sehen sie am besten aus? Woran erkennt man, dass sie lügen? Wie sind sie im Bett, und an welchem Punkt wird ihre Zuneigung ernst zu nehmend?«

Ich arbeitete den Fragenkatalog Stück um Stück ab und kam mir vor, als sprach ich über mein eigenes Leben, weil mein Mann ein typisches Musterexemplar von Geschäftsmann ist. Dessen allgemeine Gewohnheiten aus dem Alltag zu erfahren, half Erik mit Sicherheit.

Als ich fertig war, schwitzte ich ungemein und meine Locken hingen schlaff vor meinen Augen herab. »Sie leben in einem Haifischbecken, in dem sich über Schmutziges lustig gemacht und über Glänzendes geschwiegen wird. Das bedeutet, dass nur schmutzige Dinge, die nach einem guten Plan klingen, sie zu Emotionen bewegen und Glanztaten unkommentiert bleiben. Leider ist dem so. Sei also schmutzig und hör auf damit, Opern vor ihm aufzuführen, die in

Glanz und Gloria enden. Das ist etwas, was sie nicht vertragen, die Geschäftsmänner.

Sie wollen ihr ganz eigenes Geheimnis hegen, dass keiner der anderen Haie reißen kann, weil nur sie wissen, wo es ist. Also sei gewieft und wirke gerissen, den Rest lass deine Jugend für dich erledigen – ich weiß nicht, wie ich es anders ausdrücken soll!«, hechelte ich hastig.

Angesichts Eriks Drama wurde mir klar, wie gut es mir mit meinem achtunddreißig Jahre alten Gemüt ging. Zur Zeit hatte ich ja alles, was ich wollte: Einen Mann, der nicht bloß gut aussah, sondern der sich auch auf mich eingespielt hatte. Einen Geschäftsmann, der sein Augenmerk auf etwas spezielles gelegt hatte, nämlich mich. Er schlichtete meine überdrüssigen Gedanken gekonnt und brachte gutes Geld nach Hause, bezog das Bett in regelmäßigen Abständen freiwillig und war vergangene Nacht zu einem Matrazen-Rambo geworden, der für Gewöhnlich zur Tretmine wurde, wenn er einen Rivalen witterte. Allerdings konnte er einen echten von einem harmlosen Rivalen unterscheiden, außer seinerzeit bei Reza. Da hatte sein Radar versagt.

Als ich diesen aufwühlenden Gedanken schloss, schwitzte ich wirklich maßlos und ging mit dem Telefon ans Ohr gepresst ins Bad, um erst einmal Deo nachzulegen.

»Was also willst du tun?«, fragte ich endlich. »Letztlich bleibt nur eine einzige Möglichkeit, sein Herz zu gewinnen.«

»Mir fällt aber nichts ein. Bei Ferien auf dem Bauernhof macht seine Frau sicher nicht mit, weil er zwei Wochen am Stück fort bleiben würde, du weißt schon...«

»Ja, richtig ...«, überlegte ich und bemühte mich, einen geeigneten Plan auszuklügeln und zu präsentieren.

Zwischenzeitlich erreichte mich eine SMS von meinem

temporär gemiedenem Freund Reza. Ich fand unpassend, dass er mich störte. Deshalb sah ich nur kurz auf seine Textnachricht:

Ich HABE etwas geSEEHEN!

Flinken Fingers schrieb ich zurück, dass man gesehen mit nur einem »e« schreibt und legte das Handy ausgeschaltet wieder zurück auf den Tisch.

»Du solltest dich mit ihm an einem Ort treffen, der anders ist als deine Rundballen ... wahrscheinlich herrscht dort zu wenig Nervenkitzel, weil es dort einsam ist. Zwar romantisch, so dass man sich unbeobachtet umeinander kümmern konnte, aber er wird den Hauch des Verbotenen brauchen. Männer denken entweder gar nicht oder an der Schwelle von Leichtsinn.«

»Aber wo soll ich ihn bloß hin locken? Ich komm mir vor wie die Hexe am Knusperhäuschen, die mit krummen Fingern die Kinder herein lockt, weil sie es auf Hänsel abgesehen hat.«

»Hast du doch auch!«, entgegnete ich.

Tatsächlich bin ich die Hexe.

Ich spürte einen Plan in mir gären.

Erik stimmte zu. »Was mache ich mit Gretel? Die stört. Wo gehe ich also mit ihm hin, und was sage ich dann? Milva, ich brauche einen Ortsvorschlag und den richtigen Text!«

Bin ich eine Souffleuse, oder was?, dachte ich ein wenig beleidigt und einen Moment später trat eine ausgegorene und brillante Idee zu Tage: Mir war durch Rezas Erzählungen klar, dass schwule Liebschaften in der Regel kurzlebig waren, wie Strohfeuer. Meine Chancen standen gut, dass sich dieser Kuss, dieser unglaubliche Kuss irgendwann und möglichst zeitnah noch einmal ereignete. Ich leitete einen Interventionsplan ein: »Geh mit ihm ins Tropenaquarium!«, hörte ich mich sagen, bevor mein Gedanke zu Ende gesponnen war.

»Hagenbek?«, fragte Erik und sortierte offenbar einen stillen Moment lang seine Gedanken.

»Ja! Geht ins Tropenaquarium. Am besten gegen Feierabend, wenn nur noch wenige dort sind, aber noch genügend Leute, um den Nervenkitzel für ihn beizubehalten. Wenn Leute um ihn herum sind, dann wird er aufgeregt sein, wenn du ihm dabei die Liebeserklärung der Dekade abspulst. Natürlich nicht in Worten, sondern mit Taten belegt.«

Erik schwieg und schien seine Gedanken noch an das Aquarium anzupassen.

»Es gibt ein riesiges Becken, das sich vor einem wie eine Kinoleinwand aufspannt. Davor sind mit Teppich bezogenen Sitzstufen, wie in einer Aula. Warst du schon einmal dort?«

Rhetorisches Grunzen kam aus dem Hörer.

»Ihr könntet erst ein wenig davor herumknutschen und dann auf die Podiumsstufen gehen. Nach hinten in die dunkle Zone. Und was auch immer du dann anzettelst, Erik, er wird es tun, weil der Ort und die Zeit für ihn stimmen, und damit hast du ihn dann! So etwas nennt man in der Fachsprache einen Anker setzen.«

»Anker setzen? Das klingt nach einem guten Plan«, stimmte Erik zu und ich hätte schwören können, dass er langsam nickte, während er seine Worte aussprach. »Aber das kann ich nicht allein.«

Ich schaltete sofort: »Was soll ich tun? Mich daneben setzen und Abweisungen geben?«

»Nein, natürlich nicht. Aber du könntest auch dort sein, um sicher zu gehen, dass der Plan aufgeht. Ich meine, immerhin ist es ja irgendwie dein Plan, dein schicksalhaftes Schauspiel, Milva.«

Ich überlegte, ob ich mir das wirklich antun wollte und kam schnell zu dem Ergebnis, dass mich schon lange interessierte, wie es Schwule tun, wenn sie emotional so richtig auffahren. Besonders verlockend war weiterhin der Gedanke, dass ich die Regie übernehmen konnte. Ob ich nun im Podium oder vom Bullauge gegenüber sitzend Anweisungen gab, – das würde ich entscheiden, wenn es soweit war. Erik war mein Film, das Aquarium meine Leinwand und das Bullauge wie die Linse der Kamera. Und auch wenn ich spürte, wie sich die Eifersucht so leise wie die flüsternde Stimme eines Windes in mir erhob, sagte ich schließlich: »Okay. Ich komme mit. Dann hast du Unterstützung. Ich gebe dir ein Zeichen, ob es passt oder nicht. Das kann ich dann ja vor Ort gleich beurteilen. Und wenn es passt, dann gebe ich Anleitungen durch. Vielleicht via SMS. Ich bin jetzt so etwas wie die technische Prüfstelle.«

In der Tat war ich gerade drauf und dran mich als Filter zu installieren, der seinen Meuser erst als genehmigt einstufen musste. Gutes Gefühl, denn so konnte ich den Mann, auf den ich es im weitesten Sinne gerade selbst abgesehen hatte, unter Kontrolle und in Schach halten. Sein Kerl musste erst einmal durch meine Prüfstelle gelangen. Erik hatte sich so sehr offenbart, dass ich wusste, was er mochte und was er wollte. Er schrie geradezu nach einer Anleitung. Sein Zukünftiger war entweder eine Niete oder mit Brief und Siegel TÜV-geprüft und somit fahrtüchtig und zugelassen für mindestens 48 Monate. Letzteres verwarf ich im Kopf, und teilte Erik die Vorzüge seiner Bitte mit, ihn zu unterstützen. Was ich ebenso ausließ: sein Meuser würde früher oder später wieder verschwinden, und dann war ich noch immer da und würde Erik für mich allein haben. Er war ja offiziell schwul und unser Kuss nur das erste unserer Geheimnisse. Ich spürte Vorfreude in mir aufflackern.

»Abgemacht!«, sagte Erik, als ich über weitere Pläne schwieg. »Dann kannst du ihn vielleicht auch besser einschätzen. Ich muss jetzt auflegen, aber ich ruf dich später noch einmal an, Milva. Wann kann ich dich erreichen?«

»Gegen sechs«, antwortete ich und war ein wenig aufgeregt. Außerdem verkniff ich mir den leiernden Text mit meiner Bankverbindung – hier ging es um Abenteuer der gehobenen Art.

Olafs Obszönitäten: 100 Euro, dies hier: unbezahlbar!, dachte ich.

Wir legten auf, doch Erik rief mich eine viertel Stunde später bereits noch einmal an, um mir mitzuteilen, dass ich um 18:00 Uhr an der Front gebraucht wurde. Er hatte sich mit Meuser um viertel vor sechs am Tropenaquarium verabredet und wollte, dass ich mich positionierte – nicht, um zuzusehen, sondern, damit er sich sicherer fühlte. Natürlich entsprach ich meinem ganz persönlichen Herzbuben, weil ich mittlerweile innige Zuneigung für ihn hegte. Außerdem war es ja mein Plan, mein schicksalhaftes Schauspiel, mein Kinofilm.

Im Übrigen verstummten die letzten Takte von Beethovens neunter Sinfonie, als ich nach dem zweiten Telefonat auflegte. Das Gespräch mit Erik hatte insgesamt etwa 74 Minuten gedauert. Die Sinfonie war seinerzeit der erste Maßstab für die Mindestspieldauer eines CD-Rohlings – hätten Sie das gewusst?

Kapitel Neun
Haifischbecken

In jedem Schrank haben Menschen Dinge hängen, die viel über ihre Besitzer aussagen. Manchmal sogar viel mehr, als ihr Besitzer jemals zugeben würde.

So auch bei mir: dort gibt es ein weißes Kleid, dass mich sehr unschuldig aussehen lässt. Dabei leuchtet es so auffällig, das man meine Unschuld automatisch anzweifeln muss, weil sie sich für gewöhnlich nicht präsentiert.

Ganz ähnlich steht es mit dem weißen Seidenschal, den mein Mann gern trägt, und der ihn aussehen lässt wie einen echten Gentleman. Weiß ist nun einmal die Farbe der Unschuld. Solange, bis sie verschmutzt wird. Wir halten fest: Solche Kleidungsstücke können zu viel vorgeben und mitunter sogar einen falschen Eindruck erwecken.

Ich zwängte mich also in meine leuchtend weiße Schale und machte mich auf den Weg, um mit der nächstmöglichen U-Bahn zu Hagenbeks Tierpark zu gelangen. Dass ich ein wenig zu früh dran war, fand ich nicht schlimm. So kam ich noch dazu, mich endlich mal dem Abenteuer auszusetzen, eine Erdnuss von einem Elefantenrüssel von der Hand geschnüffelt zu bekommen. Der graue Riese mit der buckligen Stirn wankte vor mir und den letzten Besuchern des Tages hin und her, als würde er dringend seine Notdurft verrichten müssen. Lustig fand ich, dass er auch Geldmünzen von den Besuchern annahm und ich musste unweigerlich daran denken, wie der Elefant mit seinen endlich zusammen gesammelten 50 Cent zur Toilette rennt, Platz da, ich muss mal! trompetet, die Münzen in den Automaten hineinpustet und das Toilettenhäuschen stürmt.

Einige Erdnüsse später war es viertel vor sechs. Ich betrat

das Gebäude des Tropenaquariums, ging zielstrebig durch die künstliche Dschungel-Anlage mit den Krokodilen, bis ich zu den echten Aquarien vorgestoßen war. Ich muss schon sagen, wenn ich nicht den BH mit den störenden Metallbügeln angehabt hätte, dann hätte ich mich gefühlt, als wäre ich die kleine Meerjungfrau, und ich versichere Ihnen, ich hätte meine Stimme nicht an die durchtriebene Meerhexe verhökert. ... ich war so fasziniert, dass ich beinahe vergessen hätte, weshalb ich eigentlich her gekommen war.

Als es mir wie aufsteigende Luftblasen wieder einfiel und ich auf meine Uhr schaute, die mir 18:12 Uhr anzeigte, stieß ich jeden beiseite, der mir in den Weg kam und scheuchte die verbliebenen Kinder von dem großen Bullauge fort, dass mir freien Blick durch das riesige Becken verschaffte. Ich atmete tief durch und erwartete Eriks Passwort, dass er wie abgesprochen verlauten lassen wollte, sobald er an mir vorüber gegangen war. Wir hatten abgemacht, dass er das Wort Lippfisch deutlich in der Nähe des Bullauges sagen sollte. So konnte ich ihn im Halbdunkel ausmachen, denn Lippfische gab es dort nicht – was ich wusste, weil ich im Internet den Fischbestand geprüft hatte.

So bereitete ich mich auf unsere aufregende Mission vor und kam mir vor wie jemand, der taktisch alles im Griff hat und dabei auf Langfristigkeit setzt. Leider konnte ich die Zeiger meiner Armbanduhr in dem spärlichen Licht der Unterwasserwelt nicht mehr richtig erkennen, und so nahm ich mein Handy aus der Tasche und schaltete es ein, um die Uhrzeit abzulesen. Sofort trudelte eine Flut an Textnachrichten von Reza ein, der mich offenbar schlimmer vermisste, als ich ihn. Ich fand das genau so lange heimlich süß, bis mein Nachrichtensignal zum achten Mal hintereinander ertönte, und ich ihn nicht mehr durch Tastendruck unterbrechen konnte. Mir blieb nichts anderes übrig, als das kleine Ding zwischen die Oberschenkel zu stecken und abzuwarten, bis es aufhörte zu klingeln. Erst danach konnte ich neugierig nach der Uhrzeit schauen und den Speicher Nachrichten von Erik durchforsten. Vielleicht hatte er mir durchgegeben, wo er und seine Flamme gerade waren. Doch anstelle dessen fand ich eine Liste in meinem Posteingang, die ungefähr so aussah:

Neue Nachricht(en) von:
Reza
Reza
Reza
Reza
Reza
Reza
Reza
Reza

bereits gelesene Nachrichten von:
Reza
...

Ich blendete die ungelesenen Nachrichten eines gewissen verzweifelten Freundes aus, als die Titelmelodie von Sindbad ertönte: Reza rief an - das ist sein Klingelton. Hastig versuchte ich, die Annahmetaste zu finden, bevor noch mehr Blicke auf mich gelenkt wurden, während mein Handy sang wie viel Glück Sindbad in der glühenden Sahara hat.

»Yes, please!«, stöhnte ich mit aus Tarnungsgründen aufgesetztem Englisch, während einige Mütter ihre Kinder von mir fort zogen und ihnen versprachen, dass das Bullauge einige Meter weiter zwar etwas mickriger aber auch ganz toll sei.

Am anderen Ende hörte ich die zerstückelten Worte von Reza, der Hackfleisch in mein Ohr brüllte.

»Was? What? Sorry – I don't understand«, sagte ich halblaut und hielt mir das freie Ohr zu, obwohl mich vorübergehend eigentlich ja gar nicht interessierte, was mir Reza zu sagen hatte. Zumindest nicht für die verbleibenden elf Tage. Ich verstand nur: »Öd – hott – hebet« und nichts weiter.

»Ich kann dich so schlecht verstehen!«, sagte ich in den Hörer und schob mein Englisch wieder beiseite. »Nur Rauschen, Reza. Ich ruf dich später zurück. ... was? Ja? Nein? Ich-Ruf-dich- ... man, kein Empfang!« Damit legte ich auf und schob das Telefon wieder zurück in meine Handtasche – im „Bitte nicht Stören"-Modus - so kamen nur noch Nachrichten herein und keine Anrufe mehr, damit nicht nochmals alle mitbekamen, dass mein Telefon wusste, dass Sindbad die ziehende Karawane sicher ans Ziel bringen konnte.

Ich machte es mir in meinem Bullauge bequem und sah den Haien und anderen Fischen dabei zu, wie sie durch das Wasser zogen. Einige von ihnen – sie waren schwarz-weiß gestreift, hingen an den Mäulern der größeren Fische. Sah lustig aus, weil sie unter ihnen klebten als würden sie knutschen und die Haie davor fliehen wollen. Es waren Putzerfische, wie ich der Erklärung einer Mutter entnahm, deren Kind sich erkundigt hatte, mit was für Bändern sich der Hai verkleidet hätte. Der Mutter zur Folge, verhielt es sich so, dass diese Putzerfische ein sorgloseres Leben führten, als ihre anderen kleinen Artgenossen, weil sie den Dreh raus hatten: Sie putzten und befreiten dabei die Großen von Hautresten und Schmutz, und diese ließen die Putzkolonne dafür in Ruhe, fraßen sie nicht. Die Mutter sagte noch ein Wort wie Symptome oder Neurose, aber ich glaube sie meinte Symbiose.

Ich stellte mir schmunzelnd vor, wie der erfolgreichste der Putzerfische in Bälde die Eröffnung seiner dritten Filiale in diesem Becken feierte, als ein Junge an mir vorüber trippelte und das Passwort *Lippfisch* sagte. Als seine Mutter ihn ermahnte, er solle nicht immer alles nachplappern und ihm zu seiner Enttäuschung eröffnete, dass es hier keine Lippfische gab, schaltete sich mein Verstand wieder ein.

Um Himmels Willen, durchfuhr es mich, *Milva, du hast das Passwort verpasst.*

Erik musste mit seinem Meuser bereits an mir vorbei gegangen sein. Ich hielt eine Weile Ausschau durch das Bullauge und stellte fest, dass er sich mittlerweile gut im Kinoleinwandformat auf der anderen Seite meines Stützpunktes positioniert hatte. Allerdings gab es einen kleinen Ansturm von Leuten und Erik verschwand im Gedränge. Ich starrte mit suchendem Blick auf die andere Seite und versuchte ihn wieder zu finden. Dann lehnte ich mich vor und drückte mir sogar die Nase platt als suchte ich die neue Filiale des Putzerfisches auf dem Boden des großen Beckens.

Die Polyacrylhalbkugel, in der ich saß, hatte jedoch ihre Tücken: sie verzerrte die Gestalten auf der anderen Seite. Lange Gesichter und überbreite Hüften wankten in mein Blickfeld. Anstrengend und schwindelerregend!

Dann erkannte ich ihn endlich wieder, weil er sich demonstrativ in der Mitte der Beckenscheibe hinstellte und sich bei einem Mann im Anzug einhakte. Dieser allerdings verbarg sich so gekonnt hinter den Wassermassen, dass ich sein Gesicht nicht erkannte. Er war offensichtlich größer als Erik, wobei ich Erik auf ungefähr einsfünfundachtzig schätze, und ich erkannte auch, wie Erik mehrere Male an dem Ärmel seiner Begleitung zupfte.

»Schlecht!«, murmelte ich. »Zupfen in jeglicher Form ist unangebracht. Also hör damit auf.«

So, als hätte Erik meine Botschaft empfangen, ließ er von dem dunklen Ärmel ab und stellte sich seitwärts vor die dicke Glasscheibe des Beckens. Dann machte er seltsame Bewegungen, so als würde er einen Balztanz aufführen. Mit seinem wackelnden Kopf sah er aus, wie eine Inderin auf Stechapfeltee und blickte dann immer wieder nach oben an der Scheibe entlang, so als hätte er etwas Bemerkenswertes an ihr entdeckt.

Ich zog mein Mobiltelefon wieder hervor. Eine SMS-Anweisung war notwendig:

> Nicht zupfen und auch nicht tanzen.
> Stell dich neben ihn und lass ihn reden.

Ich erkannte, dass Erik sein Telefon aus der Tasche zog und kurz drauf schaute. Schon war er still und stellte sich brav einfach neben den Anzugträger.

Während der Raum hinter Erik und Meuser sich wieder leerte, weil eine Stimme die Besucher zum Ausgang bat, schritt Erik plötzlich ein oder zwei Meter zur Seite. So konnte ich ihn viel besser sehen und freute mich darauf auch Meuser nun erkennen zu können, doch dieser streckte seine Hand bloß aus und schien Erik zu sich zurück zu bitten. Innerlich ärgerte mich die Naht der Aquarienscheibe, die Meuser im Zusammenspiel mit der Krümmung des Bullauges vor mir versteckt hielt.

Erik tat, wie ihm geheißen und stellte sich mit ebenso erhobenem Blick zurück neben Meuser. Dann begann ein zweiter Regentanz. Hastig tippte ich:

> Nicht tanzen, habe ich gesagt.
> Ich sehe euch schlecht.

Verstohlen schaute Erik neben der Hosentasche auf sein Handy und machte einen Schritt zur Seite.

Meuser zog nach.

Ich befühlte unruhig die Scheibe.

In punkto Tarnung war Eriks Flamme jedoch recht geschickt, oder er hatte eben einfach Glück. Das nächste Unglück war: Aufgrund seiner Größe wurde sein Gesicht von einem Strahler angeleuchtet, und meine Neugierde auf ihn blieb weiterhin ungestillt. Sein Kopf sah aus wie eine leuchtende Kugel auf dem Anzug. Mittlerweile presste ich meine Nase in die Rundung des Bullauges, als würde ich mit Spannung darauf warten, mich durch das Wasser zu beamen.

Erik ließ seinen Blick langsam durch das Wasser gleiten und traf sich mit meinem in der Mitte. Ich glaube gesehen zu haben, dass er mir zublinzelte und neben seiner Jeans einen enthusiastisch erhobenen Daumen zeigte, doch ich kann mich nicht mehr so genau daran erinnern, weil das, was ich dann sah, mich in meinem Bullauge zusammensacken ließ.

Es waren kaum noch Leute auf der anderen Seite zu sehen gewesen.

Der Schließungshinweis ertönte erneut durch die Lautsprecher. Dies wiederum löste einen Schwall nachziehender Besucher aus, die sich vor dem Panoramabecken drängelten.

Erik und Meuser machten den Kindern Platz und traten nach hinten.

Ungeduldig wollte ich eine SMS tippen.

Die Nachricht über drei verpasste Anrufe von Reza unterbrach mein Vorhaben und ich drückte sie fort. Wenn ich mich still verhielt waren die Chancen größer, die Mission zum Abschluss zu bringen, bevor mich jemand entdeckte, um mich hinaus zu bitten.

Die Menschentraube auf der anderen Seite blieb unübersichtlich und umtriebig. Sie sahen aus als würden allesamt auf einem Ball tanzen. Mal blitzte Eriks Gesicht in der Menge auf, dann ein Anzug, ein Ärmel, ein Lächeln im Scheinwerferlicht, fremde Menschen ...

Ich hielt den Atem vor Aufregung an, während die Besucher langsam den Podiumssaal verließen. Das zumindest nahm ich durch Millionen Liter Wasser wahr.

Erik tauchte wieder auf, nahm den gesichtslosen Meuser mit festem Griff am Oberarm und ich dachte noch: *Ja, Oberarm ist gut, ist männlich!*

Dann bückte er sich nach etwas. Nach etwas Weißem, was im nächsten Moment neben Eriks Jeans aufblitzte. In der Hand hielt er einen weißen Seidenschal.

Moment!, ich schaute ein zweites Mal und spürte, dass sofort Kombinationen und Rückschlüsse im Kopf heiß liefen. Zusammenhänge einer bitteren Erkenntnis.

Das Rampenlicht der Kinoleinwand verstärkte die dramaturgische Wirkung, als Meuser Erik herum riss und ihn knutschend gegen die Scheibe des Haifischbeckens drückte. Die beiden drehten sich kurz darauf von der Scheibe fort und verschwanden im Hintergrund, wahrscheinlich auf dem Weg in die dunkle Zone.

Fassungslos sank ich zurück. Ich muss zugeben, dass Erik einen Volltreffer gelandet hatte, ich hätte keine bessere Wahl treffen können. Allerdings mit dem kleinen Unterschied, dass meine Wahl bereits auf ihn gefallen war, denn ich war es gewesen, die seinen Anzug und auch den Schal vor einigen Jahren ausgesucht hatte. Mein Herz fühlte sich taub an, so als wäre es eingeschlafen.

Gleich nach einer langen Schrecksekunde jedoch schien es sich an seine Aufgabe zu erinnern und holte mächtig aus. In mir brodelte es heiß auf, und ich war mir nicht sicher, ob ich still verschwinden oder als mächtiger Hai aus dem Becken springen und sie beide zerreißen wollte.

Das war Ralphs Schal. Erik küsste meinen Mann!

Den, der sich darauf verstand, meine Launen abzufedern und mir trotzdem einen Kuss auf die Stirn zu drücken, um mir zu zeigen, dass er es mir nicht übel nahm, dass ich meine Tage hatte, und der trotzdem später ein Haus im Grünen haben wollte, und der sich als Geduldig erwies, wenn es darum ging, mich davon zu überzeugen, dass wir auf dem Land glücklich und ungestört sein konnten.

Eriks Problem war ganz unverhofft mein eigenes.

Und ich war die Komplizin im Feldzug gegen mich selbst.

Ich war die betrogene Frau, die bald ohne Mann dastand.

Dann trat ein Herr von links an meine Seite: Eine Sicherheitskraft fand mich und forderte mich auf, das Gebäude zu verlassen. Die Ansprache holte mich aus meinem lethargischen Schockzustand. Das Schlimmste: Um hier hinaus zu kommen, musste ich durch den Raum mit dem Panoramabecken!

Ich erhob mich mit nachgebenden Knien, entschuldigte mich bei der Sicherheitskraft und taumelte durch die Dunkelheit Richtung Hölle. So gut es mir gelang schlich ich in den Durchgang zum Panoramabecken und ging auf schnellen Zehenspitzen durch den Tatort der Sünde.

Aus den hinteren Rängen der dunklen Zone hörte ich Knutschgeräusche.

Ich versuchte vergeblich einen Hörsturz herbeizuführen, als Ralphs Schal hinter der Mauer aufflatterte, durch die Luft taumelte und schließlich unweit vor mir auf meinen Weg fiel. Ralphs weiß aufgestickten Initialen wurde von den Wasserreflexionen umschmeichelten. Die Seide sah so unschuldig aus, wie ein neugeborenes Kind.

Der Schal war auf einem roten Lolli gelandet, den wahrscheinlich ein Kind achtlos hatte fallen lassen. Auf den zweiten Blick war also die Unschuld nun besudelt. Sie war, ebenso wie meine Ehe, verloren. Meine Kehle war wie zugeschnürt. Ich musste an die Luft.

Über Beweisstück Nummer eins hinweg zu schreiten kam nicht in Frage, also umschiffte ich ihn leise, während mein Mann sich unüberhörbar ungestört fühlte und wer-weiß-was-noch mit Erik hinter der Podiumsmauer machte.

Jeder von uns hat ein Kleidungsstück, dass mehr über ihn aussagt, als es seinem Besitzer lieb ist. Und gerade die weißen Kleidungsstücke verhüllen Dinge, die mit Sünde zu tun haben nur allzu gut, denn ihre Farbe steht für die Unschuld. Solange, bis sie verschmutzt werden.

Mit gegrämten Gesichtszügen und wehendem Kurzmantel lief ich weiter, und glaubte schon, das Schlimmste hinter mir zu haben. Doch in Wirklichkeit rannte ich zielstrebig in mein wahres Verderben hinein:

Vor mir hörte ich zwei Männerstimmen:

»Er muss doch irgendwo sein.«

»Ist doch egal.«

»Ist es nicht. Es war ein Geschenk.«

Wie banal, dachte ich beiläufig. Hauptsächlich war ich mit Rache für Demütigungen beschäftigt und schoss um die Ecke, in den letzten Raum des Tropenaquariums hinein.

Noch im Torbogen blieb ich wie angewurzelt stehen.

Die zwei Männer standen im letzten Raum vor dem Ausgang.

Einer suchte etwas im spärlichen Licht, der andere trat von hinten an ihn heran und nahm ihn bei der Hand.

Der erste protestierte, ließ sich jedoch von seinem unbekannten Vorhaben abhalten, drehte sich herum und wurde von dem zweiten geküsst.

Gekonnt, wie ich sah.

Gewollt, wie ich erkannte.

Und verboten, wie ich festlegte.

Unentschlossen, was ich noch glauben konnte, drehte ich mich zwischen dem Szenario vor mir und der Demütigung hinter mir hin und zurück. Und kurz darauf knallten meine Sicherungen durch: Meine Beine wurden zu Dampfkolben. Ich stob vor und wischte Ralph meine Handtasche um die Ohren. Dabei traf ich seinen Knutschfreund mit dem Lederriemen: Frank Specht. Schnecken Franky.

Sie lösten sich fast sprunghaft voneinander und stammelten herum.

»Ich hab meinen Schal verloren«, brachte Ralph nervös hervor.

Der liegt im Raum der Sünde, dachte ich, brachte aber nichts über die Lippen. Stattdessen verließ ich Hagenbeks Tropenschauhaus, stieg in die U2, und dann ...

» ... dann bin ich sofort nach Hause gefahren, haben meinen Koffer gepackt, meine Schwester angerufen, habe mich ins Taxi gesetzt und bin zum Flughafen gefahren. Und nun sitze ich hier neben Ihnen, liebe Erika. Und der Grund weshalb ich ein wenig nach Alkohol rieche, sind die Beruhigungstropfen – ein Bachblütenpräparat – das mir die Flugangst nehmen und mich über einen Schock hinweg bringen sollte«, schloss ich die Geschichte.

Meine treue Zuhörerin rollte nachdenklich mit den Augen und schürzte dabei die Lippen. Dann klarte ihr Blick plötzlich auf, und sie sagte: »Ich wäre auch schockiert gewesen, mein Kind!«

»Ja«, bestätigte ich nachdrücklich. »Zumal Erik direkt auf der anderen Seite des Ganges neben uns sitzt!«

Schnaufend lehnte ich mich in meinem Sitz zurück und vermied es, dem Erik auf der anderen Seite des Ganges Beachtung zu schenken.

»Nein!«, sagte Erika mit großen, faltigen Augen und fächelte erst sich selbst und dann mir Luft mit ihrem Hut zu. »Das ist ja allerhand!«

»Nicht wahr?«, antwortete ich mit geschlossenen Augen und wurde das Bild des besudelten Schals nicht mehr los. »Er ist schuld daran, dass ich mich schuldig fühle. Und er hat mich unaufgefordert in eine Situation gebracht, die alles umwirft, was in meine Welt gehört hat. Manche Fragen stellt man nicht, weil man nicht darauf kommt und andere ...«

»... stellt man nicht, weil man die Antwort darauf nicht wissen will, Kindchen«, schloss Erika meinen Satz. Sie keuchte kurzatmig und nahm die Sicherheitsinstruktionen zusätzlich zur Hand, um uns beiden gleichzeitig Luft zuzufächeln.

Als ich meine Augen wieder öffnete, musste ich Erikas Hand ergreifen, weil wir landeten und das Flugzeug wilde Geräusche unter mir machte. Ich befürchtete eine Notlandung, aber Erika sah es wohl mehr als ein Akt der Verbundenheitsbekundung unter Klosterschwestern, als einen Anflug von Panik. Sie strich mir lieb über den Handrücken. Ihr schienen nach wie vor die Worte zu fehlen.

Dann, als das Flugzeug langsam ausrollte, beugte sie sich vor und schickte einen bissigen Blick an mir vorbei zu dem Erikverschnitt, von dem sie fälschlicherweise glaubte, dass es der Leibhaftige sei.

Beim Aussteigen musterte sie ihn seltsam, drängte sich mit zusammengekniffenem Gesicht direkt hinter ihn, und als wir endlich wieder festen Boden unter den Füßen hatten, hörte ich ein wuchtiges Geräusch in meiner Nähe, gefolgt von einem dumpfen Knall. Als ich aufsah, war die zweite

Attacke voll in Gange, denn Erikas behäbige Handtasche schoss durch die Luft und gab einen zweiten dumpfen Laut von sich, als sie auf Eriks Kopf landete. Bei Tageslicht betrachtet schwand alle Ähnlichkeit dahin, und ich sah mich einem völlig fremden Mann gegenüber, der von einer mir völlig fremden Dame verprügelt wurde. Erika rief empört: »Sie Rüpel! Sich einen jüngeren zu suchen und ihre Frau dabei so schamlos zu betrügen. Sie musste alles mit ansehen. Oh, wie ich euch Grenzgänger kenne! ...«

Einige Passagiere beeilten sich mit aufgeregten Blicken in den Bus einzusteigen, der sie sicher von dieser alten Furie fort brachte und das Sicherheitspersonal musste sogar eingreifen, um den falschen Erik von der Alten zu befreien, die so herzzerreißend Partei für mich ergriffen und den vermeintlichen Missetäter mit Seniorenjudo über die Schulter geworfen hatte.

Auch wenn sie die Geschichte falsch gedeutet hatte, war ich ein wenig gerührt. Ich beeilte mich trotzdem, in den Bus zu steigen und fuhr von dem Handgemenge fort, zu meinen Koffern. So richtig begriff ich erst, was geschehen war, als ich mein Gepäck vor dem Terminal in die drückende Hitze unter Palmen und auf meine Schwester zu schleppte, die mich mit einem verständnisvollen Lächeln herzte. Alles wich dabei von mir: anfängliche Tränen und Ängste verkrochen sich. Mein Stolz, Wut, Träume und Muster, nach denen ich sonst immer gehandelt hatte ... all das fiel von mir ab, wie ein altes Emailleschild.

Mein Schwager und meine Neffen verhielten sich merkwürdig und ich war mir nicht sicher, ob sie es wirklich taten oder ob es mir nur so vorkam, weil mein ganzes Gefühlsleben durchgerüttelt worden war. Ich weiß nicht wie, aber irgendetwas schien mir auf der Reise hierher verloren gegangen zu sein, und dafür hatte ich den Eindruck als wäre eine gewisse, mir noch unheimliche Ruhe dazu gekommen.

Bisher habe ich gedacht, es wäre ein Leichtes, das Leben einzuschätzen, doch jetzt komme ich zu dem Ergebnis, dass ich gar keine Ahnung gehabt habe, wie es wirklich im Leben zu gehen kann – nämlich unfair.

Ich konnte dem Leben auf einmal getrost die Freiheit der Unkalkulierbarkeit zusprechen, und ich erinnerte mich daran, dass ich noch ein ganzes Leben vor mir hatte. Halten Sie mich bitte nicht für abgebrüht, aber durch Erikas ungezügelten Rachefeldzug bin ich auf seltsame Weise zufrieden gestellt. Zumindest was Erik betrifft. Eigentlich trifft ihn nicht einmal eine Schuld. Aber wer wird schon gern mit der Nase auf etwas gestoßen?

Was Ralph anbelangt, so habe ich nicht vor, mich in Trauer oder Schmerz zu baden, statt dessen habe ich vor, die Wohnung und die Möbel zu behalten. Vielleicht ziehe ich dann später aus reiner Provokation auch aufs Land, oder ich ziehe mit Reza zusammen, mal sehen.

Nach Erikas Beweis dafür, dass es noch Menschen gibt, die loyal sind, ist mir klar geworden, dass jetzt ein neues Leben vor mir liegt. Eines, in dem ich Erinnerungen entweder genießen oder sie als Mahnmal betrachten kann.

Ich habe noch nie zuvor ein anderes Leben kennengelernt, als mein bisheriges und ich dachte immer, ich wüsste, in welche Richtung es sich entwickeln würde. Und doch habe ich mich geirrt, obwohl ich es vom Kopf bis zu den Zehen studiert hatte. Ich lag teilweise richtig und essentiell gesehen falsch.

Sicher ist, dass es im Leben zugeht, wie in einem Haifischbecken, in dem man nur überlebt, wenn man entweder ein Hai ist oder ein Putzerfisch, der seine eigene Putzstation betreibt und damit die gefährlichen Fische ruhig stellt. Denn wie heißt es so schön: Kannst du sie nicht besiegen, verbünde dich mit ihnen.

Nur so kann man sich selbst etwas aufbauen, das keine natürlichen Feinde hat.

Sobald ich aus dem Schock erwache, werde ich entscheiden, ob ich das Auto auch behalte oder nicht. Den Rest erledigt dann mein Scheidungsanwalt. Er ist der erste Klient den ich je hatte, dem ich damals meine Nummer auf einen Bierdeckel geschrieben hatte, als er selbst vor den Trümmern seiner Ehe stand.

Ich habe ihm in meiner Putzstation den Schmutz von der Seele fortgenommen, deshalb schuldet er mir noch einen Gefallen. Und soweit man hört ist er nach seiner Scheidung zu einem echten Hai geworden.

Wie es weitergeht ...

Milva Lotti ist noch immer der Geheimtipp unter den Verzweifelten der Hansestadt Hamburg. Nachdem ihr Leben eine Wende nimmt, wirft ihr Sorgentelefon zwar jede Menge brisante Situationen aus, aber es reicht nicht mehr, um davon Leben zu können. Ein Job muss her.

Das Leben hält allerdings noch etwas mehr für sie bereit: Männerbekanntschaften aus dem Chat. Die kommen ihr gerade recht, denn auf einen Mann will sie sich maximal elektronisch einlassen.

**Milva Lotti
SommerEis**

Erscheint als
Taschenbuch:
ca.300 Seiten

Verlag:
Books on Demand
(ab Mai 2015)

Sprache: Deutsch

**auch als
eBook**

bald online, wo's Bücher gibt

Dein Seelentagebuch

Warum haben wir von innen gehärtete Panzer? Sind wir überhaupt noch am Leben? Wissen wir, wer wir sind und wie wir unsere Entscheidungen treffen sollen? Manchmal verlieren wir die Orientierung, ganz ohne es zu wollen. Da kommt die Frage auf: Ist das Leben eigentlich schön? Auf dieser Lesereise an ganz unterschiedliche Schauplätze lehrt das Buch ein Prinzip der Selbstfindung. Zücken Sie einen Stift und begeben Sie sich auf den Weg zu Ihrer Mitte.

Das Leben ist schön, durch die Hintertür

Taschenbuch:
212 Seiten

Verlag:
Books on Demand
(November 2014)

Sprache: Deutsch

ISBN-10:
3738601538
ISBN-13:
978-3738601534

auch als eBook